普通高等教育"十二五"规划教材

江苏高校优势学科建设工程资助项目

模拟结构集成电路设计

Structured Analog Integrated Circuit Design

李效龙　刘鲁涛　编著

机械工业出版社

由于集成电路设计耗时和繁琐，而且需要长期经验积累，因此人们需要一种通用的、简单的电路设计方法。本书介绍的模拟结构集成电路设计是在提出了模拟集成电路设计一般架构的基础上，对电路设计的实质，例如电路的拓扑结构、噪声、非线性失真、带宽、频率补偿以及直流偏置等进行较深入的讨论，并且以放大器（尤其是负反馈放大器）为例具体介绍结构化设计的步骤等，以帮助读者掌握这种策略性、系统性的电路设计方法。同时，这种方法还可以很容易地运用于放大器以外其他电路的设计。

本书可作为"模拟电子技术基础"后续课程的教材，为高等院校电子信息、通信工程以及微电子等专业本科高年级学生和研究生学习模拟集成电路设计提供指导，也可供从事模拟集成电路设计工作的工程师和科技人员参考。

本书配有免费电子课件，欢迎选用本书作教材的老师登录 www.cmpedu.com 注册下载。

图书在版编目（CIP）数据

模拟结构集成电路设计 / 李效龙，刘鲁涛编著.
—北京：机械工业出版社，2011.8
普通高等教育"十二五"规划教材
ISBN 978-7-111-34503-9

Ⅰ. ①模… Ⅱ. ①李… ②刘… Ⅲ. ①模拟集成电路—电路设计—高等学校—教材 Ⅳ. ①TN431.102

中国版本图书馆 CIP 数据核字（2011）第 108412 号

机械工业出版社（北京市百万庄大街 22 号 邮政编码 100037）
策划编辑：贡克勤 责任编辑：贡克勤
版式设计：张世琴 责任校对：樊钟英
封面设计：路恩中 责任印制：杨 曦
保定市中画美凯印刷有限公司印刷
2011 年 8 月第 1 版第 1 次印刷
184mm×260mm · 7.75 印张 · 189 千字
标准书号：ISBN 978-7-111-34503-9
定价：20.00 元

前　言

电路设计实质上是一个用电子电路来实现数学函数的具体过程。理论上任何数学函数都可以在电路中实现。多数情况下，电路设计师先要将数学函数转化成容易在电路中实现的形式（比如微分方程），然后将这些转化了的函数以电路的形式集成在半导体（如硅片）上。实际上，在半导体上实现数学函数是一个近似而不精确的过程，其主要原因是电路中的有源器件如双极结型晶体管和场效应晶体管等都是非线性器件。而且这些有源器件不仅是信号处理器，更是信号发生器（它们在工作时会产生噪声）。所以，有源器件的非理想性（非线性和噪声等）使得用模拟电路实现数学函数成为一个困难而且复杂的过程。

遗憾的是，在过去的几十年中没有可以遵循的模拟集成电路设计方法。电路设计师们，尤其是刚入门的设计师，常常对如何正确地设计模拟电路感到困惑。虽然人们经过长期的实践探索，设计出了我们今天所看到的很多性能较高的电路。但是，随着制造工艺的发展、器件尺寸的缩小以及电源电压的降低，有些电路已变得不再实用了。这样，电路设计师们发现对原有的电路进行优化已不能满足要求，他们不得不花费大量的时间去重新摸索新的电路。例如有报道称，目前在全世界的范围内，有数以万计的工程师在设计振荡器。由此可见，即使是单个的模拟电路设计也是非常耗时耗力的。模拟集成电路设计的繁琐和耗时，不断变化的需求以及需要长期经验的积累等都使得很多有志于电路设计的年轻工程师对模拟集成电路设计望而却步。于是，更多的人开始思考这样一个问题：到底有没有一种通用的、简单的模拟集成电路设计方法，使得年轻的工程师们有可能独立地、创造性地进行电路设计呢？

最早的模拟集成电路的设计方法是"进化法"（Evolution Method）。进化法开始于在整个电路"空间"中先找到类似的解决方案，在此基础上进行优化，然后再评估这些方案的性能。当然，这个进化过程也是相当耗时耗力的，尤其是在花费大量时间后发现设计方案不能满足性能要求时，设计师们不得不花更多的时间去重复同样的过程。

本书将介绍一种结构化、系统化的模拟集成电路设计方法，将其命名为"模拟结构集成电路设计"（Structured Analog Integrated Circuit Design，SAICD）。模拟结构集成电路设计是在提出了模拟集成电路一般架构的基础上，对电路设计的实质（Insight），例如电路的拓扑结构、噪声、非线性失真、带宽、频率补偿以及直流偏置等进行较深入的讨论，试图帮助读者掌握一种结构化的、系统性和策略性的模拟集成电路设计方法，从而能快速高效地完成电路设计。鉴于放大器的设计几乎涵盖了结构化设计方法的每一个设计步骤，因此本书将更多地以放大器（尤其是负反馈放大器）为例来具体介绍模拟结构集成电路设计的方法。当然，这种方法可以很容易地运用于其他电路的设计中。

本书共9章。第1章简要介绍了模拟结构集成电路设计的基础知识，如半导体器件在模拟电路中的作用，分析和设计电路的辅助定理，链矩阵以及信号源的转移等。第 2 章从整体上讲述了模拟结构集成电路的设计原则、架构和方法等。第 3~9 章详细阐述了模拟结构集成电路设计的 7 个子步骤。其中第 3 章以负反馈放大器为例，介绍了电路的拓扑结构。第 4 章重点讨论了电路中的电噪声，包括噪声源以及转移，表征噪声的参数，噪声优化以及噪声抵消技术等。第 5 章论述了非线性失真的起因、测量及优化等。第 6 章简要介绍了几种估计电路带宽的方法。第 7 章介绍了电路中常用的几种频率补偿方法。第 8 章详细地阐述了电路的偏置设计方法及其流程。最后，在第 9 章简单讨论了电路综合性能的折中。

本书的第 1、5、6、7 章由刘鲁涛编写，其余各章由李效龙编写，全书由李效龙统稿。在本书的酝酿和编写过程中，得到了荷兰代尔夫特工业大学（TU Delft）C.J.M.Verhoven 博士的鼓励和支持。C.J.M.Verhoven 博士耐心地解答了作者在编写中遇到的诸多疑问，在此表示诚挚感谢。江苏科技大学的刘维亭教授、张尤赛教授以及田雨波教授等对本书的编写给予了指导和大力支持。机械工业出版社的贡克勤老师对本书的出版给予了热情帮助。江苏科技大学电子信息学院的顾蓉、戴璐和曹宇鹏等同学参与了书稿的勘误工作。在此对他们表示由衷的感谢。

本书为江苏高校优势学科建设工程资助项目。

由于作者水平有限，恳请广大读者对书中的错误和不妥之处进行批评指正。请将建议或意见寄至 lixiaolong@hotmail.com。

作　者

2011 年 7 月

目　　录

第1章　模拟结构集成电路设计基础

1.1　模拟结构集成电路设计的基础知识

本节将引导读者认识一些在模拟结构集成电路设计中常用到的基础知识，如半导体器件在模拟结构集成电路设计中的作用、模拟结构集成电路设计的辅助定理、链矩阵以及信号源的转移等。这些知识在本书中将会被反复使用。

1.1.1　半导体器件在模拟结构集成电路设计中的作用

半导体器件大体上可以划分为两类：一类是无源器件（Passive Elements），包括电阻（Resistor）、电容（Capacitor）、电感（Inductor）、变压器（Transformer，TF）、转换器（Gyrator），以及由传输线（Transmission Lines，TL）组成的器件等；另一类是有源器件（Active Elements），包括二极管（Diode）、双极结型晶体管（Bipolar Junction Transistor，BJT）和场效应晶体管（Field Effect Transistor，FET）等。下面分别讨论这些器件在电路中的作用。

1. 无源器件

（1）电阻

电阻在电路中的作用如图 1.1 所示。

1）分压：图 1.1a 中，R_{B1} 和 R_{B2} 对电源 V_{CC} 分压，得到 $V_B = V_{CC} R_{B2} /(R_{B1} + R_{B2})$；

2）分流：图 1.1b 中，R_C 和 R_L 对受控电流源 $g_m u_{be}$ 分流；

3）将电压转化为电流：图 1.1b 中，R_s 和 r_π 将电压 u_s 转化为电流 i_b；

4）将电流转化为电压：图 1.1b 中，R_C 和 R_L 将电流 $g_m u_{be}$ 转化为电压 u_o。

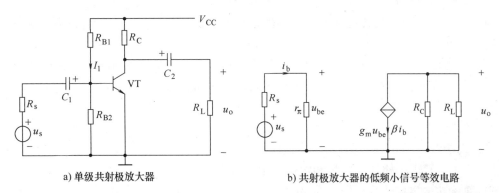

a) 单级共射极放大器　　　　　　　　b) 共射极放大器的低频小信号等效电路

图 1.1　电阻在电路中的作用

（2）电容和电感

电容和电感是对偶器件，其作用可以根据容抗和感抗（ X_C 和 X_L ）来确定，见表 1.1。

表 1.1　电容和电感在电路中的作用

电容（C）	电感（L）
隔直流（$X_C = \infty$）	隔交流（$X_L = \infty$）
通交流（$X_C = 0$）（耦合/退耦或旁路）	通直流（$X_L = 0$）
有限阻抗（$0 < X_C < \infty$）	有限阻抗（$0 < X_L < \infty$）
与 L 组成谐振网络	与 C 组成谐振网络

（3）变压器和转换器

变压器和转换器是互补器件，变压器的作用如图 1.2 所示。

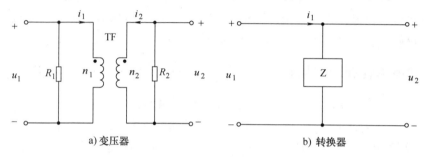

a) 变压器　　　　　　　　　　　　　b) 转换器

图 1.2　变压器与转换器在电路中的作用

1）变压：图 1.2a 中，$u_2 = (n_2 / n_1)u_1$；

2）变流：图 1.2a 中，$i_2 = (n_1 / n_2)i_1$；

3）阻抗变换：图 1.2a 中，$R_2 = (n_2 / n_1)^2 R_1$；

4）将差分信号转换为单端信号：图 1.2a 中，u_1 双端输入，u_2 单端输出；或将单端信号转换为差分信号：图 1.2a 中 u_1 单端输入 u_2 双端输出。

电路中的转换器是一个虚拟器件，其功能如下：

1）将电压转换为电流，图 1.2b 中，$i_1 = u_1 / Z$；

2）将电流转换为电压，图 1.2b 中，$u_2 = i_1 Z$。

因此，电阻 R 是最简单的转换器。当然，理论上转换器也可以由有源器件实现。

（4）传输线

传输线可以构成以上所介绍的所有无源器件以及多个无源器件的组合，如电阻、电容、电感、变压器和转换器等，因而其在射频（Radio Frequency，RF）和微波（Microwave）等高频电路中得到广泛应用。

2. 有源器件

（1）二极管

1）开关、整流、检波、限幅和钳位（单向导电性）；

2）稳压（击穿特性）；

3）可变电容（电容特性）；

4）其他特殊用途，如发光、光电转化等。

（2）双极结型晶体管（BJT）和场效应晶体管（FET）

BJT 和 FET 在电路中的作用如图 1.3 所示[⊖]。

1）放大：BJT 工作在放大区，FET 工作在饱和区，例如图 1.3 中的 VF_1、VF_2；

2）开关或可变电阻：BJT 工作在饱和区，FET 工作在线性区，例如图 1.3 中的 VF_3；

3）直流电流源：此时晶体管 BJT 和 FET 中有直流信号，而对交流信号 BJT 和 FET 则近似断路，例如图 1.3 中的 VF_4、VF_5 和 VF_6；

4）有源负载：此时，对直流信号 BJT 和 FET 相当于电流源，对交流信号 BJT 和 FET 则相当于负载，例如图 1.3 中的 VF_7 和 VF_8。

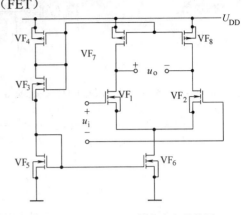

图 1.3　BJT 和 FET 在电路中的作用

1.1.2　模拟结构集成电路设计的辅助定理

由于工艺中寄生器件的存在，即使最简单的电路，其分析和设计也是相当复杂的。怎样透过这些繁琐的表象，一窥电路的实质呢？最常用的方法就是简化。这里介绍几个电路中常用的简化规则，如简化"定理"、g_m 定理、密勒定理等，它们都能极大地简化电路的分析和设计。

1. 简化"定理"

1）如果 $c \gg a$，则取 $c = 10a$；如果 $c \ll a$，则取 $c = 0.1a$；

2）如果 $c = a \pm b$，且 $a \gg b$，则 $c \approx a$。

准确地说，简化"定理"是一个工程上常用的简化计算的"潜"规则，而不是真正意义上的定理。但是这个规则却是电路分析和设计的有效工具。现举两例来说明。

【例 1.1】　已知某单级放大器电压增益的频率响应为 $A_u(f) = \dfrac{1}{\left(1 + j\dfrac{f}{f_H}\right)}$，试画出其幅频响应曲线。

【解】

（1）当 $f = f_H$ 时，有

$$|A_u(f)| = \frac{1}{\sqrt{1 + \left(\dfrac{f}{f_H}\right)^2}} = \frac{1}{\sqrt{2}}$$

$$A_u = 20 \lg \frac{1}{\sqrt{2}} = -3\text{dB}$$

（2）当 $f \ll f_H$ 时，根据简化"定理"，取 $f = 0.1f_H$，有

⊖　与 PMOS 基于 N 阱构造类似，在有些 CMOS 工艺中，NMOS 是基于单独的 P 阱构造的。此时，NMOS 的 B 极可与 S 极直接相连，从而消除了体效应。本书中的 NMOS 均采用这种结构。

$$|A_u(f)| = \frac{1}{\sqrt{1+\left(\dfrac{f}{f_H}\right)^2}} = \frac{1}{\sqrt{1+\left(\dfrac{1}{10}\right)^2}} \approx 1$$

$$A_u = 0\mathrm{dB}$$

（3）当 $f \gg f_H$ 时，根据简化"定理"，取 $f = 10f_H$，有

$$|A_u(f)| = \frac{1}{\sqrt{1+\left(\dfrac{f}{f_H}\right)^2}} = \frac{1}{\sqrt{1+(10)^2}} \approx \frac{1}{10}$$

$$A_u = 20\lg\frac{1}{10} = -20\mathrm{dB}$$

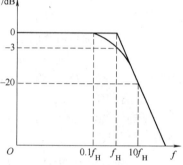

则该单级放大器的幅频响应曲线如图 1.4 所示。

图 1.4 单级放大器的幅频响应曲线

【例1.2】 在图 1.1 所示的单级共射极电路中，设 I_B $=5\mu A$，$U_{BE} = 0.8V$，$U_{CC} = 4V$，$r_\pi = 1k\Omega$。试确定 R_{B1} 和 R_{B2} 的值。

【解】 该偏置电路应满足以下两个条件：首先，流过 R_{B1} 的电流 I_1 要远大于 I_B，即

$$I_1 \gg I_B$$

根据简化"定理"，取 $I_1 = 10I_B = 50\mu A$；其次，直流偏置电阻不应当影响交流性能，故有

$$R_{B1} /\!/ R_{B2} = \frac{R_{B1}R_{B2}}{R_{B1}+R_{B2}} \gg r_\pi$$

根据简化"定理"，取 $R_{B1} /\!/ R_{B2} = 10r_\pi = 10k\Omega$。又已知

$$U_{BE} = \frac{R_{B2}}{R_{B1}+R_{B2}}U_{CC} = 0.8V$$

可得

$$R_{B1} = 4R_{B2}$$

从而可计算出

$$R_{B2} = 12.5k\Omega$$

$$R_{B1} = 50k\Omega$$

这样，由电源所能供给偏置电路的最小电流为

$$\frac{U_{CC}}{R_{B1}+R_{B2}} = \frac{4V}{62.5k\Omega} = 64\mu A$$

该值大于 $I_1 = 50\mu A$，因此满足要求。

2. g_m **定理（吸收定理）**

在电路中，如果 BJT 的基极 B 或 FET 的栅极 G 交流接地，则从 BJT 的发射极 E 或从 FET 的源极 S 看到地的阻抗约等于 $\dfrac{1}{g_m}$。

【证】 电路如图 1.5a 和图 1.5b 所示，分别画出两种电路的小信号等效电路如图 1.6a 和图 1.6b 所示。

对两电路输入端加测试信号 u_t，设测试电流为 i_t。在图 1.6a 中，有

$$R_i = \frac{u_t}{i_t} = \frac{u_t}{\left(-\dfrac{-u_t}{r_\pi}\right) - (-g_m u_t)} = \frac{1}{\dfrac{1}{r_\pi} + g_m} \approx \frac{1}{g_m}$$

在图 1.6b 中，有

$$R_i = \frac{u_t}{i_t} = \frac{u_t}{-(-g_m u_t)} = \frac{1}{g_m}$$

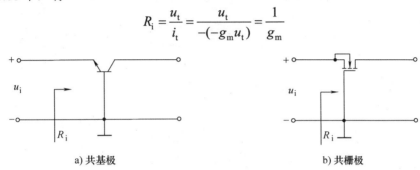

a) 共基极　　　　　　　　　　　　　b) 共栅极

图 1.5　共基极和共栅极放大电路

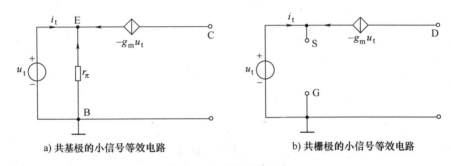

a) 共基极的小信号等效电路　　　　　　b) 共栅极的小信号等效电路

图 1.6　小信号等效电路

需要指出的是，在 BJT 中

$$g_m = \frac{I_C}{U_T} \tag{1.1}$$

当 FET 工作在饱和区时

$$g_m = \mu_n C_{ox}\left(\frac{W}{L}\right)(U_{gs} - U_{TH}) = \frac{2I_D}{U_{gs} - U_{TH}} = \sqrt{2\mu_n C_{ox}\left(\frac{W}{L}\right)I_D} \tag{1.2}$$

而当 FET 工作在线性区时

$$g_m = \mu_n C_{ox}\left(\frac{W}{L}\right)U_{DS} \tag{1.3}$$

式（1.1）与式（1.2）比较，对于给定的电流，BJT 的 g_m 要比 FET 的 g_m 大（$U_{gs} - U_{TH} \gg U_T$），故在相当条件下，从 BJT 的发射极看进去的阻抗要比从 FET 看进去的阻抗小。

【例 1.3】　图 1.7 所示为长尾电路（未画出其偏置电路），已知 FET VF_1 和 VF_2 的跨导均为 g_m。试求其电压增益。

【解】　电路中的信号源 u_s 加在 VF_1 上会产生交流电流 i_d。i_d 主要流过两条支路，一条为 r_o，另一条为 VF_2。根据 g_m 定理，从 VF_2 的源极看到地的阻抗为 $1/g_m$。由于 $1/g_m \ll r_o$，故

i_d 的绝大部分会流过 VF_2，此时 r_o 相当于开路。其小信号等效电路为图 1.7b 所示。于是可得

$$A_u = \frac{u_o}{u_s} = \frac{g_m \dfrac{u_s}{2} R_D}{u_s} = \frac{1}{2} g_m R_D$$

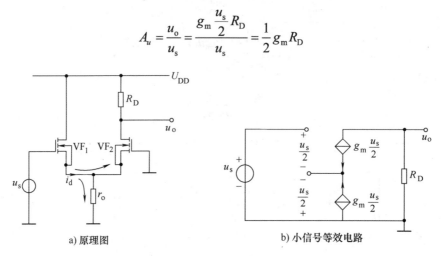

a) 原理图　　　　　　　　　　　　b) 小信号等效电路

图 1.7　长尾电路

可见，与单级共射极/共源极电路相比，长尾电路以两倍的功耗，以及近两倍的芯片面积，换取了对信号的同相放大。

3. 密勒定理

1）图 1.8 电路中，若图 a 可以转换成图 b，且有 $A_u = \dfrac{V_y}{V_x}$，则 $Z_1 = \dfrac{Z}{1 - A_u}$，$Z_2 = \dfrac{Z}{1 - A_u^{-1}}$，且 $Z = Z_1 + Z_2$。

2）图 1.8 电路中，若图 c 可以转换成图 d，且有 $A_i = \dfrac{I_2}{I_1}$，则 $Y_1 = \dfrac{Y}{1 - A_i}$，$Y_2 = \dfrac{Y}{1 - A_i^{-1}}$，且 $Y = Y_1 + Y_2$。

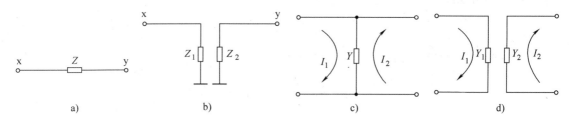

a)　　　　　　　b)　　　　　　　c)　　　　　　　d)

图 1.8　密勒定理及其对偶

【证】　根据等效电路原则，图 1.8a、b 中流出节点 x 的电流应相等，即

$$\frac{V_x - V_y}{Z} = \frac{V_x}{Z_1}$$

则

$$Z_1 = \frac{V_x}{V_x - V_y} Z = \frac{Z}{1 - V_y/V_x} = \frac{Z}{1 - A_u}$$

同理，有

$$Z_2 = \frac{Z}{1 - A_u^{-1}}$$

且

$$Z_1 + Z_2 = Z\left(\frac{1}{1 - A_u} - \frac{1}{1 - A_u^{-1}}\right) = Z$$

在图1.8c和图1.8d中，导纳Y和Y_1、Y_2两端的电压应相等，即

$$\frac{I_1 - I_2}{Y} = \frac{I_1}{Y_1}$$

则

$$Y_1 = \frac{Y}{1 - I_2/I_1} = \frac{Y}{1 - A_i}$$

同理，有

$$Y_2 = \frac{Y}{1 - A_i^{-1}}$$

且

$$Y = Y_1 + Y_2$$

【例1.4】 如图1.9所示，若$A_u = \dfrac{V_y}{V_x}$，求Z_1和Z_2。

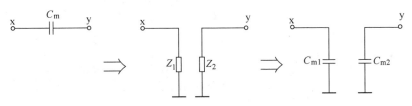

图1.9 密勒电容的转化

【解】 根据密勒定理，有

$$Z_1 = \frac{Z}{1 - A_u} = \frac{\dfrac{1}{sC_m}}{1 - A_u} = \frac{1}{sC_m(1 - A_u)}$$

$$Z_2 = \frac{Z}{1 - A_u^{-1}} = \frac{1}{sC_m(1 - A_u^{-1})}$$

则Z_1仍为电容，容值为$C_{m1} = (1 - A_u)C_m$，Z_2也为电容，容值为$C_{m2} = (1 - A_u^{-1})C_m$。密勒定理常用来化简BJT中的$C_{bc}(C_\mu)$或FET中的$C_{gd}$。

【例1.5】 图1.10所示为共模输入、单端输出的放大电路。设VF_1和VF_2完全对称，其跨导均为g_m。求电压增益$A_u = u_o/u_i$。

【解】 根据密勒定理，图1.10a所示电路可转化成为完全对称的两个半边电路，每个半边电路都是典

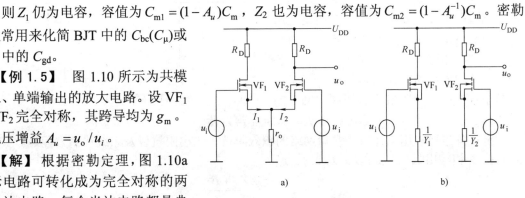

a)   b)

图1.10 共模输入、单端输出放大电路

型的源极带电阻的共源极电路，如图 1.10b 所示。则

$$A_i = \frac{-I_2}{I_1} = -1$$

$$Y_1 = \frac{Y}{1-A_i} = \frac{Y}{2} = \frac{1}{2r_o}$$

$$Y_2 = \frac{1}{1-A_i^{-1}} = \frac{Y}{2} = \frac{1}{2r_o}$$

于是可得

$$A_u = \frac{u_o}{u_i} = -\frac{g_m R_D}{1+g_m\left(\dfrac{1}{Y_1}\right)} = -\frac{g_m R_D}{1+2g_m r_o}$$

1.1.3　链矩阵

与其他二端口网络参数（如 Z、Y 和 H 参数等）类似，链矩阵（Chain Matrix）（也称为 $ABCD$ 矩阵）是电路分析的有效工具。链矩阵确定的是二端口网络的输入电压及输入电流与输出电压及输出电流间的关系，即

$$\begin{pmatrix} u_i \\ i_i \end{pmatrix} = \begin{pmatrix} A & B \\ C & D \end{pmatrix} \begin{pmatrix} u_o \\ i_o \end{pmatrix} \tag{1.4}$$

式中

$$A = \left.\frac{u_i}{u_o}\right|_{i_o=0}$$

$$B = \left.\frac{u_i}{i_o}\right|_{u_o=0}$$

$$C = \left.\frac{i_i}{u_o}\right|_{i_o=0}$$

$$D = \left.\frac{i_i}{i_o}\right|_{u_o=0}$$

　　需要指出的是，输入电流的方向是流进二端口网络，而输出电流的方向是流出二端口网络，如图 1.11 所示。在一个由多个二端口网络组成的级联系统中，如果每个子二端口网络都能用其链矩阵来表示，则整个系统的链矩阵等于各子端口网络的链矩阵之积。因此，用链矩阵描述级联系统非常方便。

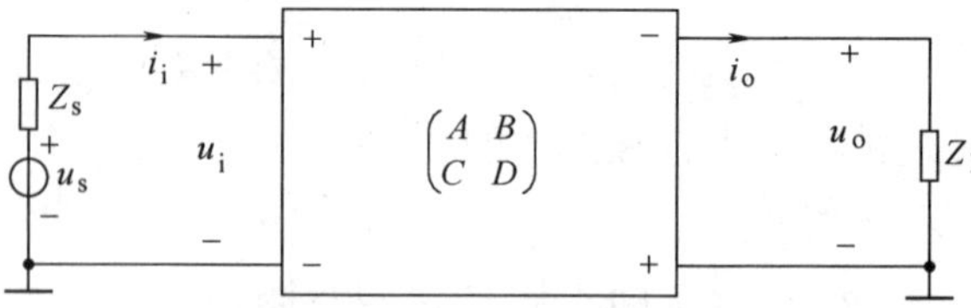

图 1.11　二端口网络的链矩阵

　　链矩阵也可以用来计算二端口网络的输入阻抗、输出阻抗以及系统传输方程等。其中输入阻抗 Z_i 和输出阻抗 Z_o 可以分别表示为

$$Z_i = \frac{AZ_L + B}{CZ_L + D} \tag{1.5}$$

和

$$Z_o = \frac{B + DZ_s}{A + CZ_s} \tag{1.6}$$

而系统传输方程则可以表示为

$$\frac{u_o}{u_i} = \frac{Z_L}{AZ_L + B + CZ_sZ_L + DZ_s} \tag{1.7}$$

有源器件和无源器件的小信号动态性能，也可以用链矩阵来描述。例如 Nullor（将在下一章中介绍）的链矩阵为

$$\begin{pmatrix} A & B \\ C & D \end{pmatrix}_{Nullor} = \begin{pmatrix} 0 & 0 \\ 0 & 0 \end{pmatrix} \tag{1.8}$$

它的 4 个矩阵元素都是零。BJT 单级共射极放大器的链矩阵为

$$\begin{pmatrix} A & B \\ C & D \end{pmatrix}_{BJT} = \begin{pmatrix} -\dfrac{1}{g_m r_o} & -\dfrac{1}{g_m} \\ -\left(\dfrac{1}{\beta_f} + \dfrac{j\omega}{\omega_T}\right)\dfrac{1}{r_o} & -\left(\dfrac{1}{\beta_f} + \dfrac{j\omega}{\omega_T}\right) \end{pmatrix} = \begin{pmatrix} A_{CE} & B_{CE} \\ C_{CE} & D_{CE} \end{pmatrix} \tag{1.9}$$

式中，g_m 为跨导；r_o 为 BJT 的输出阻抗（r_{ce}）；β_f 为前向电流放大倍数；ω_T 为 BJT 的截止角频率。

同样，FET 单级共源极的链矩阵为

$$\begin{pmatrix} A & B \\ C & D \end{pmatrix}_{FET} = \begin{pmatrix} -\dfrac{1}{g_m r_{ds}} & -\dfrac{1}{g_m} \\ -\dfrac{j\omega}{\omega_T}\dfrac{1}{r_{ds}} & -\dfrac{j\omega}{\omega_T} \end{pmatrix} \tag{1.10}$$

式中，r_{ds} 为 FET 的沟道电阻。

BJT 差分对的链矩阵可用单级共射极表示为

$$\begin{pmatrix} A & B \\ C & D \end{pmatrix}_{DIF} = \begin{pmatrix} A_{CE} & 2B_{CE} \\ \dfrac{C_{CE}}{2} & D_{CE} \end{pmatrix} \tag{1.11}$$

可以看出该矩阵中只有 B 和 C 与单级共射极不同。无源器件中，转换器（传输系数为 Z）和变压器（匝数比 n）的链矩阵分别为

$$\begin{pmatrix} A & B \\ C & D \end{pmatrix}_Z = \begin{pmatrix} 0 & Z \\ 1/Z & 0 \end{pmatrix} \tag{1.12}$$

和

$$\begin{pmatrix} A & B \\ C & D \end{pmatrix}_{TF} = \begin{pmatrix} n & 0 \\ 0 & 1/n \end{pmatrix} \tag{1.13}$$

【例 1.6】　BJT 单级共射极放大器简化的小信号模型如图 1.12 所示。试计算其链矩阵。

【解】　这里 r_π 和 C_π 分别是基—射极间的电阻和电容。将单级共射极看做是二端口网络，可

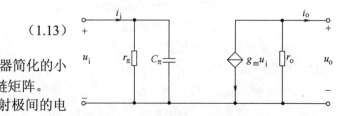

图 1.12　BJT 单级共射极放大器简化的小信号模型

根据定义计算出单级共射极的 *ABCD* 矩阵，分别为

$$A = \frac{u_i}{u_o}\bigg|_{i_o=0} = \frac{u_i}{-g_m u_i r_o} = -\frac{1}{g_m r_o}$$

$$B = \frac{u_i}{i_o}\bigg|_{u_o=0} = \frac{u_i}{-g_m u_i} = -\frac{1}{g_m}$$

$$C = \frac{i_i}{u_o}\bigg|_{i_o=0} = \frac{i_i}{-g_m \dfrac{r_\pi}{1+sC_\pi r_\pi} i_i r_o} = -\left(\frac{1}{g_m r_\pi} + \frac{sC_\pi}{g_m}\right)\frac{1}{r_o} = -\left(\frac{1}{\beta_f} + \frac{j\omega}{\omega_T}\right)\frac{1}{r_o}$$

$$D = \frac{i_i}{u_o}\bigg|_{u_o=0} = \frac{i_i}{-g_m \dfrac{r_\pi}{1+sC_\pi r_\pi} i_i} = -\left(\frac{1}{\beta_f} + \frac{j\omega}{\omega_T}\right)$$

1.1.4   信号源的转移

通过 Blakesley 传输[1]，单个的电压源和电流源都可以转移到与其直接相连的网络中，即信号源转移（Source Shift）。根据基尔霍夫定律，一个电压源可以被转移到与其直接相连的其他支路中去。如图 1.13 所示，电压源 U_1 从位于节点 1、4 间的支路被转移到另外两个支路 2、4 和 3、4 中了。值得指出的是，**转移到新支路中的电压源在数值上与原电压源大小相等，并且**

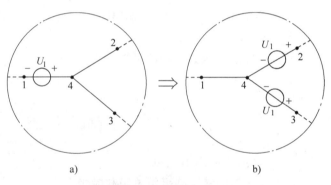

图 1.13   电压源的转移

转移后其极性保持不变。这样，一个电压源被转移到 n 个支路中后就产生了 n 个与原电压源完全相同的电压源，因此这些电压源是相关源。转移的结果，原支路中的电压源就不存在了，如图 1.13b 所示。

同理，一个电流源也可以通过一个公共点转移。如图 1.14 所示，节点 1、2 间的电流源 I_1，可以被节点 1、3 和 2、3 间的电流源所取代，这里节点 3 是公共点（通常情况下是参考地）。**转移到新的节点之间的电流源在数值上与原电流源大小相等，并且其方向应保持与原电流源方向的一致**。在图中，电流流出节点 1，流入节点 2。这样的转移不应当断开两个原节点间的连接，否则会改变基尔霍夫定律。

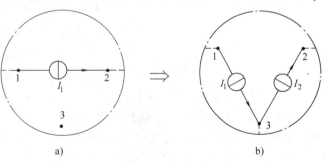

图 1.14   电流源的转移

【例 1.7】　图 1.15 是 BJT 级联电路，在图中标出了两个 BJT VT$_1$ 和 VT$_2$ 的所有偏置源。试通过信号源的转移简化其偏置电路。

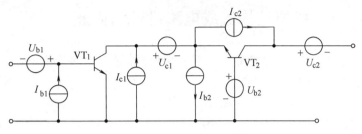

图 1.15　BJT 级联的偏置源

【解】　转移的策略是将电压源和电流源分开后分别进行转移。这里先转移电压源。在放大器的输入级，U_{b1} 保留在输入端，U_{c1} 被转移到与其相连的两个支路中，即 VT$_2$ 的基极和集电极，如图 1.16a 所示。转移后的电压源被合并，如图 1.16b 所示。

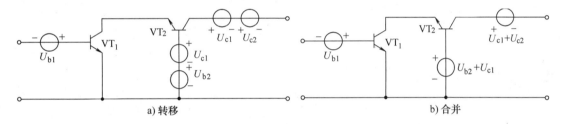

图 1.16　偏置电压源的转移与合并

接下来考虑电流源的转移。同样，I_{b1} 保留到输入端，I_{c2} 被分别转移到 VT$_2$ 的输入端和输出端，以 VT$_2$ 的基极为公共点。在级联电路中，流过 VT$_2$ 的电流与流过 VT$_1$ 的电流相等，即 $I_{c1} \approx I_{c2}$，这样转移后在 VT$_1$ 的输出端 I_{c1} 和 I_{c2} 大小相等，方向相反，因而相互抵消。由于 I_{b2} 远比 I_{c2} 小，因此可以忽略。这样两级之间的电流源就消失了，如图 1.17 所示。最后，将转移后的电流源和电流源合并到电路中，转移的结果如图 1.18 所示。可以发现，偏置源的数量大大减少了。

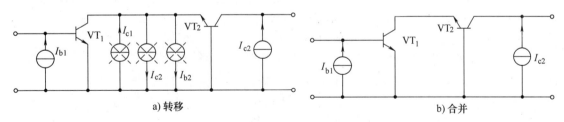

图 1.17　偏置电流源的转移与合并

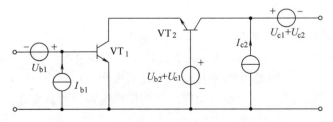

图 1.18　经过偏置源转移后 BJT 级联的偏置源

1.2   模拟结构集成电路设计的内涵

当前有很多业界人士都有这样的疑惑：许多模拟电路已经逐渐被数字电路所取代，会不会有一天模拟电路被数字电路完全取代？客观地说，在可预见的未来，模拟电路还会继续存在。原因很简单，自然界的信号都是模拟信号，也就是说，电路中的信号源都是模拟信号并且通常情况下幅度比较小。因此，对这些自然信号的处理包含了信号形式的转换、放大和处理，只有转换出的数字信号的处理是在数字领域内进行，处理完后的数字信号又需要还原为自然信号。这样，系统处理前端的信号转换、放大和模/数转换器（ADC）以及后端的数/模转换器（DAC）是必需的模拟信号模块，因此作为整个系统的不可或缺的一部分，模拟集成电路的设计不是被弱化，相反却变得更具有挑战性了。有鉴于此，有必要对模拟结构集成电路设计的内容作宏观的了解。

模拟结构集成电路有两种分析方法：一种是时域分析，通常采用的是三要素（即初值、终值和时间常数）分析法；另外一种是频域分析。由于电路中的绝大多数参数都是频率的函数，因此频域分析在电路中的应用更为广泛。

模拟结构集成电路有三个分析或设计的原则：一是简单；二是正交；三是层次。

模拟结构集成电路的分析或设计涉及 4 个抽象层次，分别是物理层、器件层、结构层和系统层。在物理层，电路设计师需要掌握载流子在不同的外界条件下的具体行为（微观认识）。在器件层，每一个器件的工艺结构，工作原理，$I-U$ 关系及主要参数等都是分析和设计电路的基础。结构层涵盖每个模块的功能、划分及其实现的拓扑结构等。系统层从全局的角度确定了系统的用途、性能、优缺点及包含的子系统模块。优秀的电路设计师应当具备在这 4 个抽象层次上进行任意切换的知识和能力，以便更好地理解或优化具体电路的性能。

模拟结构集成电路分析和设计基础知识就是 5 大定理，即基尔霍夫定律、叠加定理、戴维南定理、诺顿定理和密勒定理。

模拟结构集成电路的分析和设计实际上是对 6 个参数的性能折中，也就是著名的设计六边形，如图 1.19 所示。工艺、工作频率、噪声、失真、功耗和芯片面积是所有的模拟集成电路都共有的参数。基于给定的工艺和工作频率，电路设计所要求的目标是尽可能小的噪声、失真、功耗和芯片面积。这些参数与增益、阻抗匹配、速度、效率以及电源电压等其他重要参数之间的相互关联，使得模拟结构集成电路设计实际上成为在这些重要参数之间进行折中的艺术。

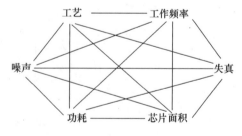

图 1.19   设计六边形

模拟结构集成电路设计内容主要包括 7 个方面：放大器（包括基本放大器、运算放大器、功率放大器及低噪声放大器等）、振荡器、混频器、频率综合器（包括鉴相器、锁相环、分频器等）、滤波器、数/模转换器、模/数转换器和直流电源（包括直流电流源和直流电压源）等。例如接收机和发射机的设计就涵盖了模拟结构集成电路的所有设计内容。

第 2 章　模拟结构集成电路设计方法

模拟结构集成电路设计是一种快速有效的对模拟集成电路进行结构化设计的方法。与其他设计方法相似，模拟结构集成电路设计需要首先确定系统的架构，然后遵循一定的设计流程，以期达到最佳的性能。本章将介绍这一设计方法的主要理念。在本章中，首先在 2.1 节引入模拟结构集成电路设计中最重要的基础概念——Nullor；接下来在 2.2 节中介绍模拟结构集成电路的设计原则；然后在 2.3 节给出模拟结构集成电路设计的架构；模拟结构集成电路设计的一般流程则在 2.4 节中加以讨论。

2.1　Nullor

2.1.1　Nullor 的概念

Nullor 的概念最早是在 1964 年由 Carlin, H.J 提出的[2]。Nullor 是 nullator 和 norator 的组合[3]。简单地说，Nullor 是一个标准的有源二端口网络，其输入端的电压 u_i 和电流 i_i 均等于零，如图 2.1 所示。这类似于运算放大器中"虚短"和"虚断"的概念。因此 Nullor 可以用下式表示：

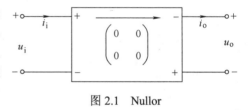

图 2.1　Nullor

$$\begin{pmatrix} u_i \\ i_i \end{pmatrix} = \begin{pmatrix} 0 & 0 \\ 0 & 0 \end{pmatrix}\begin{pmatrix} u_o \\ i_o \end{pmatrix} \tag{2.1}$$

可以看出，Nullor 链矩阵中的所有元素都为零。因此，Nullor 具有无穷大的电压增益、电流增益、跨导和跨阻。也可以说，Nullor 就是一个理想的放大器。Nullor 最广泛的用途是与无源二端口网络组成负反馈系统，用以确定一个精确的传输函数。这一特性将在第 3 章中重点介绍。本书中将 Nullor 的概念再加以扩展，把所有的有源二端口网络都当做 Nullor 对待，即模拟结构集成电路设计中的任何有源器件，在设计时都可以假定为 Nullor。

2.1.2　Nullor 的综合

Nullor 是有源网络，在实际应用中 Nullor 是通过有源器件（如 BJT 和 FET 等）来具体实现的。另外，Nullor 也是一个标准的二端口网络，在设计中其两个输入端子和两个输出端子都会用来建立电路的架构，这一点又与运算放大器有所区别。在 Nullor 的综合中，要将所有的有源器件都严格地当做二端口网络使用。一般情况下，Nullor 的综合步骤如下：

1）Nullor 的输入级应重点考虑噪声；

2）Nullor 的输出级应重点考虑失真；

3）Nullor 的中间级应重点考虑频率响应。

　　图 2.2 所示为一个 Nullor 的综合，它包括三个级联的有源二端口网络，分别为优化噪声、频率响应和失真而设计。前面已经提到，在 Nullor 的综合中，所有的有源器件都要当做二端口网络使用。那么实际应用中，如何将 BJT 或 FET 当做二端口网络呢？以 FET 为例，图 2.3 所示总结了 FET 或 BJT 作为有源二端口网络的一些可能的配置形式。

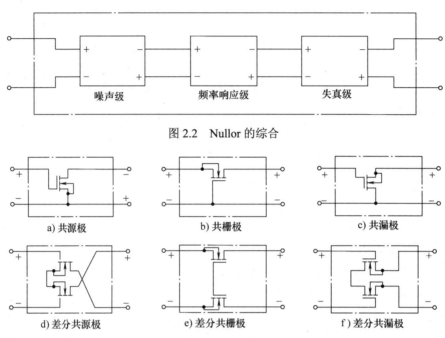

图 2.2　Nullor 的综合

　　　a) 共源极　　　　　　　b) 共栅极　　　　　　　c) 共漏极

　　　d) 差分共源极　　　　　e) 差分共栅极　　　　　f) 差分共漏极

图 2.3　BJT 或 FET 作为有源二端口网络的形式

　　图 2.3a～图 2.3c 所示三种网络是单端信号处理中可能用到的 Nullor 的有效综合方式，图 2.3d～图 2.3f 所示三种网络是差分信号的处理中可能用到的 Nullor 的有效综合方式。值得指出的是，BJT 和 FET 作为有源二端口网络使用时要注意其输入/输出端口的极性（图中用 "+" "—" 号标出）。

2.2　模拟结构集成电路设计的原则

2.2.1　简单原则

　　简单原则是指实现一个数学函数的电子电路的拓扑结构应该是最简单的，并且在评估该电路的性能时应采用最简化的器件模型。简单的电路拓扑结构能最大程度地简化设计的复杂度，而且通常电路越是简单，其性能也就越佳。另外，简化的器件模型能帮助设计师避免过于冗杂的计算，从而能在设计的早期阶段洞悉设计方案的可行性。实际设计中最常用的有源器件为 BJT（包括 HBT）和 FET，所以在分析电路的性能时应引入这两种器件的简化模型。图 2.4 和图 2.5 分别为 NPN BJT 和 N 沟道增强型 MOS FET 的图形符号和模型。

　　实际应用中，一般在最初评估电路的性能时采用图 2.4c 或图 2.5c 所示的模型，而在评估电路的频率响应时采用图 2.4d 或图 2.5d 所示的模型。

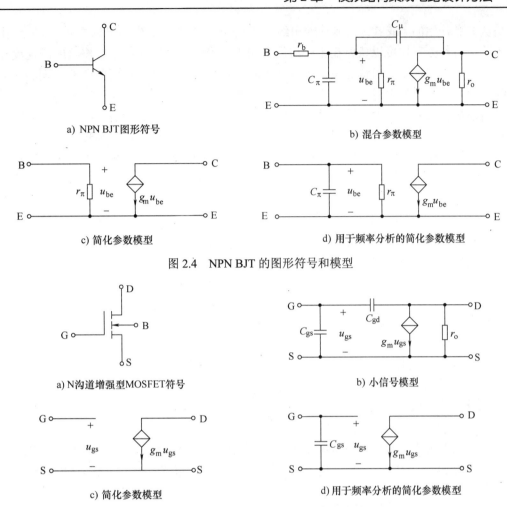

a) NPN BJT图形符号

b) 混合参数模型

c) 简化参数模型

d) 用于频率分析的简化参数模型

图 2.4　NPN BJT 的图形符号和模型

a) N沟道增强型MOSFET符号

b) 小信号模型

c) 简化参数模型

d) 用于频率分析的简化参数模型

图 2.5　N 沟道增强型 MOS FET 的图形符号和模型

2.2.2　正交原则

正交原则是指，虽然电路中的很多参数都是相关的，但是如果设计步骤安排合理，就有可能相对独立的设计每一个参数，而不影响其他参数设计（或者说影响较小，可以忽略）。

例如电路中最重要的三个参数，即噪声、失真和带宽就是相互关联的。其中，噪声和失真都（通过 BJT 和 FET 的偏置电流）与带宽关联，所以，设计中应首先考虑噪声和失真，然后兼顾带宽。而就噪声与失真而言，则建议先设计噪声后设计失真。原因是：首先，在多级级联放大器中的输入级对噪声的贡献最大，而失真最容易发生在输出级。通常需要将所有的噪声源都转换到输入端来计算其等效噪声，这样后续级的噪声可以被输入级的高增益所抑制。研究表明，放大器中 60% 以上的噪声都是由输入级贡献的。在输出级，小信号的幅度达到最大，因而这一级产生失真的可能性也最大。其次，如果设计先从噪声开始（或者说先设计输入级），这时就可以将后续各级看做是一个理想的放大器，即 Nullor。在此条件下，噪声就能被最大程度的优化。由此所带来的失真和带宽问题可以被 Nullor 吸收解决。但是，如果设计是从失真开始的（或者说先设计输出级），则输出级前面各级电路可以看做 Nullor。由于 Nullor 并不引入失真，可以认为输出级前面各级电路产生的失真为零，输出级的线性度如何设计就没有参考的依据。当将前面各级看做 Nullor 时，信号到达输出级的幅度为无穷大，则输出级无法处理这样的信号，或者说输出级本身就没有存在的必要。实际上，如果前面各级电路的增益是有限的，在设计输出级时就不得不去估计这个有限的增益，因为它会影响失真级的设计，同样使得这种方法变得毫无意义。相反，如果先设计噪声，则噪声级的增益是完全确定的，这为输出级的设计提供依据。尤其是在负反馈系统中，即使增益很大，设计者也有足够大的自由度去设计输入级和输出级，因为过高增益并不会降低噪声级和失真级的性能（这是负反馈系统的特点）。而且，负反馈放大器的输入信号相对比较小（理想情况下为零），这样，由输入级所引起的失真更可以被忽略。总之，只要设计步骤安排合理，仍然可以将噪声、失真和带宽的设计看做是正交的，从而在最大的自由度内逐一设计每个参数。

2.2.3　层次原则

层次原则是指一个设计可以被划分成若干个正交的步骤，相对独立的每一个步骤可以逐次实现。为了提高设计效率以及降低复杂度，每一个设计步骤都应该满足两个条件：

1）该设计步骤是正确的；

2）本级电路不会影响其他各级电路的性能。

2.3　模拟结构集成电路设计的架构

在引入 Nullor 的概念以及模拟结构集成电路设计的三个原则后，模拟结构集成电路设计的总体架构就逐渐变得明晰起来。结合一般模拟集成电路设计的步骤，现将模拟结构集成电路设计的核心思想归纳如下：

1）根据设计规格书以及给定的工艺，首先罗列出所有可能的拓扑结构，并从中筛选出最佳的电路拓扑结构，而且，有可能需要在不同的拓扑结构间进行性能的折中；

2）将电路拓扑结构中的有源二端口网络看做 Nullor，先设计 Nullor 的外围电路，再综合 Nullor；

3）Nullor 的综合中，在设计本级电路时，其后级电路也可看做是 Nullor；

4）Nullor 的输入级主要优化噪声性能，其输出级主要优化失真，其中间级（如果需要）则主要兼顾增益和带宽；

5）在设计的初始阶段，所有的有源器件都要用其简化的模型来代替进行分析，用以确定其小信号参数的所有直流偏置源都采用理想的电压源或电流源；

6）如果需要，在电路满足噪声、失真、增益和带宽等小信号性能后，要对该电路进行频率补偿；

7）在所有的性能指标都满足要求后，再进行电路的直流偏置设计；

8）最后对完成设计的电路进行综合性能评估。如果需要，对个别重要参数进行性能折中设计，即对 Nullor 的综合过程进行微调。这就要求重新完成 3）～8）的步骤。

综上所述，任何模拟集成电路的设计都可以划分成以下几个设计步骤：

1）甄别源信号和负载信号的信息；

2）罗列出所有可能的拓扑结构，在不同的拓扑结构间进行性能折中，从中筛选出最佳的电路拓扑结构；

3）将电路拓扑结构中的有源网络看做 Nullor，设计 Nullor 的外围电路；

4）综合 Nullor 的输入级—噪声设计；

5）综合 Nullor 的输出级—失真设计；

6）带宽估计；

7）频率补偿；

8）偏置设计；

9）综合性能折中。

模拟结构集成电路设计的架构如图 2.6 所示。

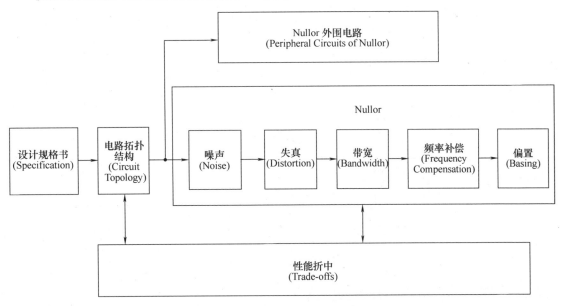

图 2.6　模拟结构集成电路设计的架构

2.4　模拟结构集成电路设计的流程

2.4.1　设计的出发点—电路的性能指标

电路的设计通常是先从对规格书的认识开始的。规格书中不仅包含源信号和负载信号的详细信息，而且规定了设计所要求达到的技术指标。通过对规格书的解析，可以选择合适的电路拓扑结构。而电路的有源（或放大）部分（即 Nullor）可以遵循噪声、失真、带宽、频率补偿以及偏置的设计顺序。前面已经说明，这样的设计顺序是不能任意改变的，也不能随意颠倒其中任何两个或多个设计步骤。值得一提的是，以上所讲的每一个设计步骤都可能包含多个正交的子步骤。

表 2.1 列出了一个典型的宽带低噪声放大器（LNA）的性能指标。放大器的工作频率为 $0.6\sim1.6\text{GHz}$，要求的噪声系数（NF）为 0.5dB，输入三阶交调点（IIP_3）为 -10dBm，功率增益为 20dB，输入（输出）的反射损耗为 -15dB，放大器是无条件稳定的（即稳定系数大于 1）。

表 2.1　典型的宽带 LNA 的性能指标

工作频率 f_0	$0.6\sim1.6\text{GHz}$
NF	0.5dB
IIP_3	-10dBm
功率增益	20dB
输入（输出）反射损耗	-15dB
稳定系数	>1

表 2.2 列出了一个典型的压控振荡器（VCO）的性能指标。基于 0.18μm CMOS 工艺，要求其振荡频率为 $2.0\sim2.5\text{GHz}$，相位噪声为 -120dBc/Hz@1MHz，频率调节范围为 15%，功耗小于 20mW。

以上出现的一些指标，如噪声系数以及三阶交调点等，都会在后续章节中重点介绍。

表 2.2　典型的 VCO 的性能指标

工作频率 f_0	$2.0\sim2.4\text{GHz}$
相位噪声 $L(\Delta f)$@1MHz	-120dBc/Hz
调节范围 TR	15%
功耗 P_{DC}	20mW
工艺	0.18μm CMOS

2.4.2　宏观设计—电路拓扑结构的筛选

根据电路的性能指标，就能大致确定其拓扑结构。首先需要列出所有可能的拓扑结构，然后对每个拓扑结构进行性能评估，判断其是否能够达标。由于拓扑结构决定电路设计的成败，因此对拓扑结构的筛选事半功倍，至关重要。例如可以由表 2.1 所给出的性能指标来确定 LNA 的拓扑结构，如图 2.7 所示。由于 LNA 的工作频率范围很宽（$0.6\sim1.6\text{GHz}$），显然，常见的窄带放大器结构如图 2.7a 所示的源极（或发射极）退化结构就不能满足要求，而带有局部负反馈的频率补偿电路（见图 2.7b）则可能达标。

由表 2.2 中所给出的振荡频率 $2.0\sim2.4\text{GHz}$ 可以判定，Hartley 和 Miller 振荡器是不能满足要求的，因为它们振荡频率的上限为几百兆赫。而 Colpitts、Clapp 和 Seiler 等则可达标。因此，电路的性能指标实际上已缩小了可选拓扑结构的范围。对拓扑结构的合理筛选，大大缩短了设计时间，提高了设计成功的可能性。

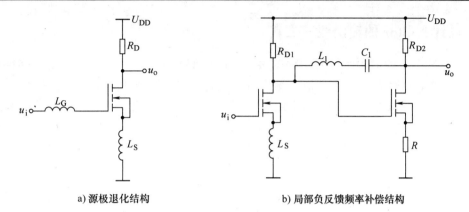

a) 源极退化结构　　　　　　　　　　b) 局部负反馈频率补偿结构

图 2.7　LNA 的拓扑结构

2.4.3　Nullor 的外围电路设计

Nullor 的外围电路主要由无源器件组成。这样的器件可以是电阻、电容、电感器、变压器以及传输线等。在给定了设计指标与选定了电路拓扑结构之后，Nullor 外围器件的值也就可以大体确定了。尤其是在全局负反馈放大电路中，反馈器件的值完全由性能指标确定。值得一提的是，上述 5 种器件中的选择对电路的噪声、失真、带宽以及频率响应等电路性能的影响都是完全不同的。

2.4.4　设计 Nullor 的输入级—噪声

一个系统的噪声性能通常是用噪声系数（F）或信噪比来衡量的。假设一个系统由 N 级级联的子系统构成，每个子系统的噪声系数为 F_i（$i=1,2,3,\cdots$），且功率增益为 G_i，则可以证明整个系统的噪声系数为

$$F = F_1 + \frac{F_2 - 1}{G_1} + \frac{F_3 - 1}{G_1 G_2} + \cdots + \frac{F_N - 1}{G_1 G_2 \cdots G_{N-1}} \tag{2.2}$$

由式（2.2）可以看出，如果系统输入级的功率增益足够大，则从第 2 级~第 N 级的噪声都会被输入级的增益所抑制。此时整个系统的噪声性能将完全由输入级的噪声性能决定。如果优化输入级的噪声性能，使得 F_1 足够小，则整个系统的噪声性能为最佳。

那么，如何设计系统的输入级呢？最简单的方法就是在设计中引入正交原则，即将除输入级外的后续级看做是 Nullor 时，系统的带宽和失真都处于理想状态（原因是 Nullor 的增益和带宽都是无穷大），如图 2.8 所示。有了以上假设，设计者就可以致力于优化输入级的噪声性能。输入级通常都采用共射极或共源极，因为它们能提供最大的功率增益。关于输入级的具体实现将在第 4 章中详细讨论。

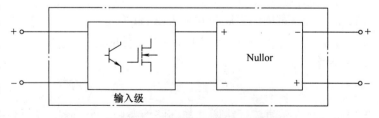

图 2.8　Nullor 输入级的设计模型

2.4.5   设计 Nullor 的输出级—失真

由于在 Nullor 的输出级信号的幅度最大，因此信号在这一级出现失真的可能性最大。如果前级的增益足够大，则输出级的噪声可以被忽略。基于以上考虑，Nullor 的输出级应当优化系统的失真特性。至于由输出级所引起的带宽性能的改变，可以在电路的其他级中加以校正。同样，根据正交原则，可以假设输出级的前级为 Nullor，如图 2.9 所示。输出级的增益也应尽可能达到最大，这样前级的信号幅度就会减小。如果能保证输出级信号不失真，则在前级信号肯定不会失真。既然输出级的输入信号为大信号，故有两种失真最有可能发生：一种是截止失真

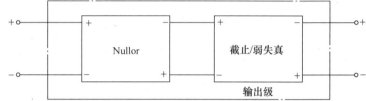

图 2.9   Nullor 输出级的设计模型

（Clipping Distortion），是由于信号幅度过大或静态工作点过于靠近 BJT 的饱和区（或 FET 的线性区）（饱和失真），或静态工作点过于靠近 BJT 和 FET 的截止区（截止失真）而引起的。当放大器处于截止失真状态时，由于其小信号参数与输入信号相关，因而会引起非常大的非线性失真；另一种称为弱失真（Weak Distortion），是由于 BJT 和 FET 的 I—U 特性的非线性所引起的。理论上系统的各级都会引入弱失真，尤其以输入级最为突出。和噪声一样，输入级所引入的弱失真信号会被逐渐放大，通过输入级的放大，谐波信号的幅度有可能会与基波信号相比拟。在负反馈放大器中，可以通过增大环路增益来减小弱失真。由于改变环路增益并不会显著影响噪声和带宽，因此这种方法非常有效。关于输出级的具体实现将在第 5 章详细讨论。

2.4.6   电路的带宽估计

Nullor 的输入级侧重于优化噪声而输出级侧重于优化失真。这样，带宽就成了一个遗留问题。完成输入级和输出级的设计后，带宽是否满足要求有以下三种可能性：

1）电路工作于单频，因此带宽是由输入级和输出级的阻抗匹配网络确定的，无须再对带宽进行限制。

2）电路工作于一段连续的频带内（或者说是带限的），则需要对上述两级电路的带宽进行估计，如果带宽满足要求，则可以直接对电路进行频率补偿。

3）电路是带限的，但由于输入级和输出级所确定的带宽不能满足要求，则需要采取措施扩展频宽。常用的扩展频宽的方法有：①采用更高速的 BJT 和 FET（或截止频率 f_T 更高的管子）代替原来的 BJT 和 FET；②对于负反馈放大器，其带宽可根据环路增益与其极点的乘积来估算，即

$$B_W = \sqrt[n]{LP_n} \tag{2.3}$$

式中，LP_n 表示直流环路增益与环路增益中 n 个可置于 Butterworth 位置的极点的乘积。

若由式（2.3）所估计的带宽不能满足要求时，则需要在电路中再额外增加一级（即中间级）（见图 2.10）来增大环路增益带宽积，此时要求中间级的 f_T 要大于输入级和输出级的 f_T。

需要指出的是，在带宽估计时都采用最简化的 BJT 和 FET 模型以简化计算（即图 2.4d 和图 2.5d）。关于估计带宽的方法见第 6 章。

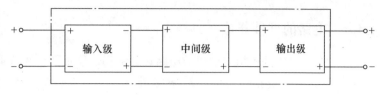

图 2.10　负反馈放大器中 Nullor 的中间级设计

2.4.7　电路的频率补偿

通常在两种情况下需要对电路进行频率补偿：一是提高电路的稳定性；二是要求获得特定的频率响应。例如传输函数的所有极点都位于 Butterworth 位置时，能在传输函数的上限截止频率处得到最平滑的频率响应。常用的频率补偿的方法有：

1）极点分裂法，常用 Miller 电容来实现；

2）极点零点对消法，常用于改变系统的频率响应；

3）阻性带宽扩展法，一种最简单和直接的补偿方式；

4）虚零点法，主要用于负反馈放大器中。

频率补偿是在带宽满足要求后才进行的。关于其具体方法的实现将在第 7 章中详述。

2.4.8　电路的偏置设计

开始偏置设计就意味着小信号性能的设计已完成。在小信号模型中用以确定静态工作点的参数都是以恒压源或恒流源的形式出现的。比较一下，就会发现小信号参数模型与实际的偏置器件之间的差别。首先，小信号模型是线性的，偏置器件是非线性的。其次，小信号模型可以在任何频率下产生能量，而偏置器件本身在不加电源的情况下是不能产生能量的。另外，由交流小信号模型所确定的偏置器件外加恒定的直流源时，工作点是恒定的，而实际的偏置器件是动态工作的。由以上差异可以看出，如果要用器件模型来模拟偏置电路，则偏置电路的模型中至少要包含以下器件：

1）非线性偏置器件；

2）给非线性器件提供电源的直流源；

3）使得非线性器件的工作点在静态工作点附近动态变化的受控源。

图 2.11 所示为典型的偏置电路的模型。它包含一个偏置器件，为该器件提供能量的直流电压源与直流电源，以及为消除偏移和维持工作点的直流电压源和直流电流源（阴影部分）。由于后者往往是受控的，所以称之为受控偏置源。将偏置电路的模型建立起来后，就可以用处理噪声源的方法来处理偏置

图 2.11　典型的偏置电路模型

源。一般是，先标明所有的偏置源、受控偏置源及其所产生的偏置环；其次根据一定的规则来减少偏置源与偏置环的数量；最后用实际的电路来实现偏置源与偏置环。偏置设计将在第 8 章中重点介绍。

2.4.9 电路的性能折中

图 2.6 中给出的模拟结构集成电路设计的另一个重要模块就是电路的性能折中（Trade-off）。电路的性能折中是指在电路设计中用裕量较大的参数的性能去换取电路中其他关键参数的更佳性能的过程。模拟结构集成电路设计中电路的性能折中主要出现在两个地方：一是在电路拓扑结构的选择中，要权衡各种可能的电路结构的优劣；二是在 Nullor 的设计中，要照顾到噪声、非线性失真以及带宽等参数的综合性能。实际设计中为保证每个参数都达标，在用小信号模型设计电路时都保留了足够的裕量。例如在普通的放大器的设计中，如果放大器的带宽裕量较大，而期望的增益也较大，则根据增益—带宽积，可以用冗余的带宽去提高增益。

一个电路的综合性能用"优值"（Figures of Merit，FOM）来表示。假如一个给定的电路，其噪声系数为 NF（dB），线性度用输入三阶交调点 IIP_3（dBm）表示，增益为 G（dB），功耗为 P_{DC}（mW），则其 FOM 可表示为

$$FOM = G - NF + IIP_3 - 10\lg\frac{P_{DC}}{1\text{mW}} \tag{2.4}$$

在同类电路的不同设计中，如果 FOM 越大，则表示该设计效果越佳。例如表 2.3 列出混频器（Mixer）的几种不同设计，其中参考文献[6]的 FOM 最大，因而其性能也最好。该设计中用功耗的裕量换取了更低的噪声，更高的增益和线性度。关于电路的性能折中将在第 9 章中讨论。

表 2.3 几种混频器的性能比较

混 频 器	f_o/GHz	NF/dB	G/dB	IIP_3/DBm	P_{DC}/mW	工 艺	FOM
参考文献[4]	5.8	14.6	−4.5	−11.5	10.8	0.18μm COMS	−41
参考文献[5]	2.4	10.3	10	−9.9	10	0.18μm COMS	−20
参考文献[6]	3.1～4.8	8.8	12～13.5	>0	18	0.18μm CMOS	−8

第 3 章　电路拓扑结构

3.1　电路拓扑结构的选择

大多数电子系统的前端仍然是对模拟信号的处理，所以系统前端的模拟电路（如放大器、振荡器以及 ADC 等）决定了整个系统的性能。但是由于每个系统都有其特定的性能，因而其设计方法和设计过程也就各不相同。实际上，电路设计师们不得不创造性地去设计新的电路，以适应新电路所要达到的、不断变化的苛刻要求。因此，每一个具体的电路都应该有多种设计方法以适应不同系统的规格要求，这样就必然出现如何选择电路拓扑结构的问题。如果要设计高性能的电路，在设计的初始阶段选择恰当的电路拓扑结构是设计能否成功的关键。例如，放大器的设计涉及低噪声放大器（Low Noise Amplifier，LNA）、运算放大器（Operational Amplifier，OPAM）、功率放大器（Power Amplifier，PA）等。进一步地，根据工作频率、噪声和带宽的要求，常见的 LNA 的拓扑结构又有局部负反馈、全局反馈以及分布式等结构。运算放大器的拓扑结构分为单级或多级运算放大器、全差分或单端输出式运算放大器、轨对轨（Rail-to-Rail）输入/输出式运算放大器和浮点式运算放大器等。运算放大器主要制约因素有增益、共模抑制比（Common Mode Rejection Ratio，CMRR）和转换速率（Slew Rate，SR）等。众所周知，基于效率、线性和功率匹配等因素，可以选择的功率放大器的拓扑结构有 Class A、Class B、Class C、Class D、Class E 和 Class F 等。振荡器也有多种拓扑结构可以选择，比如 Colpitts、Hartley 和 Pierce 等。振荡器的主要制约参数有相位噪声、调谐范围和功耗等。ADC 的结构可以是 Sigma-Delta、开关电容（Switch Capacitor）、流水线（Pipeline）等。ADC 的关键参数有噪声、转换速率和转换精度等。只有对这些拓扑结构的优缺点有全面的认识，才能选择出性能折中的恰当的拓扑结构。

本章以负反馈放大器的设计为例来讨论放大器的拓扑结构，由于放大器设计涵盖了电路设计的很多基础，读者或许还能将这样的讨论运用到其他电路的设计中去。

3.2　负反馈放大器的拓扑结构

3.2.1　基本放大器

放大器拓扑结构的选择主要是基于信号源的性质、负载的性质、规格要求等。所考虑的信息包括源信号和负载信号及其阻抗、带宽、信号变化的动态范围、信号的最大幅度、放大倍数等。其中，源信号以及负载信号的性质尤为重要，它们决定了放大器的基本结构。对一个二端口网络来说，其输入或输出信号可能是电压 V、电流 I 或功率 P 中的任意一种。因此，基本的放大器有以下 9 种组合：电压放大器、跨导放大器、电压—功率放大器、跨阻放大器、电流放大器、电流—功率放大器、功率—电压放大器、功率—电流放大器和功率放大器，见表 3.1。

表 3.1　9 种典型的放大器

	V	I	P
V	电压放大器 Voltage Amplifier	跨导放大器 Trans-conductance Amplifier	电压—功率放大器 Voltage-to-Power Amplifier
I	跨阻放大器 Trans-impedance Amplifier	电流放大器 Current　Amplifier	电流—功率放大器 Current-to-Power Amplifier
P	功率—电压放大器 Power-to-Voltage Amplifier	功率—电流放大器 Power-to-Current Amplifier	功率放大器 Power Amplifier

3.2.2　负反馈放大器

具有精确传输函数的系统常常采用误差校正技术，比如误差反馈、误差前馈以及误差补偿等。事实上，误差前馈和误差补偿技术并不直接测量和校正误差，而是用额外的电路来估计和修正误差。可以想象，由于无法准确地预测误差，这两种误差校正的拓扑结构不适合用来设计精确的放大器。相反，采用误差反馈技术的负反馈放大器却有很多优点：第一，它把误差信号反馈到输入端以校正输入信号，因此可以用来设计具有精确传输函数的放大器；第二，它有精确定义的输入和输出阻抗；第三，它能抑制温漂等非理想效应；第四，它有比开环放大器更大的带宽和更好的线性度。然而，负反馈放大器的缺点也很明显：它会降低放大器的增益并且在系统中引入更大的噪声，从而降低系统的噪声性能，而且反馈系统所引入的额外的相位差可能会导致放大器工作不稳定。尽管如此，负反馈放大器仍是设计高性能放大器的首选结构。

图 3.1 所示为负反馈放大器的基本结构。图中，$A(s)$ 是有源放大网络，设计中可看做 Nullor；$\beta(s)$ 是负反馈网络；s 是复频率。这样，负反馈放大器的传输函数 $H(s)$ 就可以表示为

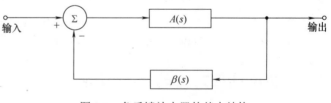

图 3.1　负反馈放大器的基本结构

$$H(s) = -\frac{1}{\beta(s)}\frac{-A\beta(s)}{1-A\beta(s)} \tag{3.1}$$

式中，第二项 $\dfrac{-A\beta(s)}{1-A\beta(s)}$ 称为理想因子。

式（3.1）表明，如果闭环增益 $A\beta(s)$ 足够大（注意，这里 $A\beta(s)$ 为负值），则理想因子趋近于 1，这时传输函数就完全由反馈网络 $\beta(s)$ 决定。若反馈网络是精确的，则传输函数就足

够精确。这样，负反馈放大器的设计就可以划分为以下两个正交的步骤：

1）设计精确的反馈网络 $\beta(s)$；

2）设计 Nullor $A(s)$ 以获得足够大的环路增益 $A\beta(s)$，即要求 $A\beta(s) \gg 1$。

3.2.3　负反馈放大器的结构化设计

1. 反馈网络设计

一般地，全局反馈网络有两种类型：一类是同种信号源之间的反馈，如电流（电压）从放大器的输出端以电流（电压）的形式被反馈到放大器输入端，这种反馈称为同源反馈（Homo-feedback）；另一类是不同信号源之间的反馈，如电流（电压）从放大器的输出端以电压（电流）的形式被反馈到放大器的输入端，这种反馈称为异源反馈（Hetero-feedback）。同源反馈具体的实现形式有：

1）无源信号分配器，比如分压器或分流器等（图 3.2 中用 U/I Divider 表示）；

2）变压器或变流器（图 3.2 中用 TF 表示）；

3）有源信号放大器（图 3.2 中用 Active 表示）。

异源反馈是电压—电流或电流—电压转换器，通常也称为信号转换器（即 Gyrator）[7]。由于现实中并不存在真正的信号转换器，因此实际的反馈网络由具有类似功能的电路来完成，例如：

1）无源器件 Z（这里 Z 表示 R、L、C、TL 中的一种器件或其相互之间组成的无源网络）；

2）变压器与无源器件的组合（TF+Z）；

3）有源信号放大器与无源器件的组合（Active+Z）。

例如一个电流—电压转换器，可以用无源器件将电流转换成电压（表示为 Z），也可以用变压器先对电流进行转换，然后将转换后的电流通过无源器件转换成电压（表示为 TF+Z），或者先将电流通过无源器件 Z 转换成电压，然后再用变压器对电压进行适当的转换（即 Z+TF），还可以用有源信号放大器先将电流进行放大，再通过无源器件转换成电压（即 Active+Z）；反之亦然。图 3.2 所示为包括这两种反馈网络的负反馈放大器的结构示意图。这里的 S/P 是一个简单的串联或并联开关，表示反馈网络以适当的形式连接到放大器的输入端或输出端。

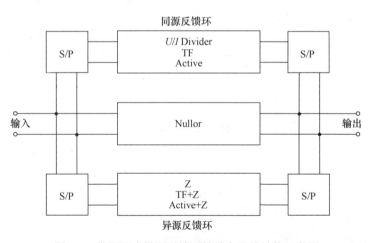

图 3.2　带同源或异源反馈环的放大器的结构示意图

从反馈的角度讲，一个放大器可以是无反馈网络的（或开环的），也可以是带反馈网络的（或闭环的）。而反馈网络又有局部反馈和全局反馈之分。局部反馈常用于设计窄带放大器。严格地说，全局反馈可以分为单反馈环（Single-loop），双反馈环（Double-loop）和多反馈环（Multi-loop）等。其中多反馈环电路很少用，这里不进行讨论。图 3.3 示出了基于反馈理论的几种单反馈环和双反馈环放大器的拓扑结构。表 3.2 对这些拓扑结构的特性，如链矩阵、输入/输出阻抗、传输函数和噪声功率谱密度（Noise Power Spectry Densital，NPSD）等基本负反馈放大器的特性进行了总结。

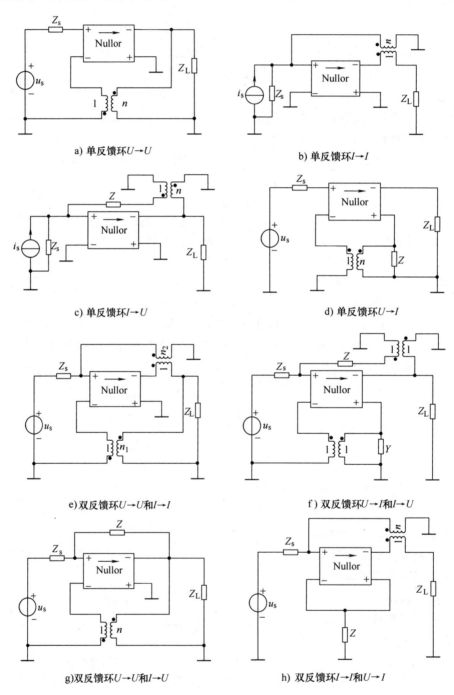

a) 单反馈环$U{\to}U$

b) 单反馈环$I{\to}I$

c) 单反馈环$I{\to}U$

d) 单反馈环$U{\to}I$

e) 双反馈环$U{\to}U$和$I{\to}I$

f) 双反馈环$U{\to}I$和$I{\to}U$

g)双反馈环$U{\to}U$和$I{\to}U$

h) 双反馈环$I{\to}I$和$U{\to}I$

图 3.3　单反馈环和双反馈环放大器的拓扑结构

从表 3.2 中可以看出：

单反馈环中电压放大器和跨导放大器的输入阻抗为无穷大、输出阻抗为零，电流放大器和跨阻放大器的输入阻抗为零而输出阻抗为无穷大。单反馈环放大器的传输函数由反馈网络确定，而与信号源以及负载阻抗无关。

双反馈环放大器根据其输出信号特征可以分为功率放大器（$P—P$）、功率—电压（$P—U$）放大器和功率—电流（$P—I$）放大器。功率放大器的输入、输出阻抗及传输函数都是有限值，并且与源及负载阻抗相关。功率—电压和功率—电流放大器的输入阻抗完全由两个反馈环路决定，且与源以及负载阻抗无关，其传输函数不仅与两反馈环路有关，还与源阻抗相关，但与负载无关。因此，在宽带及超宽带放大器的应用中常采用功率—电压和功率—电流的结构以便获得良好的输入阻抗匹配。但是，由于额外引入了反馈环路，双反馈环放大器的噪声性能一般要比单反馈环放大器差。

表 3.2　基本负反馈放大器的特性

类 型	结 构	链 矩 阵	Z_i	Z_o	传 输 函 数	噪声功率谱密度
单反馈环放大器	$U—U$	$\begin{pmatrix} 0 & 0 \\ -\dfrac{1}{n} & 0 \end{pmatrix}$	∞	0	$\dfrac{U_o}{U_s} = -n$	0
	$I—I$	$\begin{pmatrix} 0 & -\dfrac{1}{n} \\ 0 & 0 \end{pmatrix}$	0	∞	$\dfrac{i_o}{i_s} = -n$	0
	$I—U$	$\begin{pmatrix} 0 & 0 \\ -\dfrac{1}{mZ} & 0 \end{pmatrix}$	0	∞	$\dfrac{U_o}{i_s} = -mZ$	$\dfrac{4kT}{\mathrm{Re}(Z)}$
	$U—I$	$\begin{pmatrix} 0 & -mZ \\ 0 & 0 \end{pmatrix}$	∞	0	$\dfrac{i_o}{U_s} = -\dfrac{1}{mZ}$	$4kT\,\mathrm{Re}(Z)m^2$
双反馈环放大器	$U—U$ $I—I$ $P—P$	$\begin{pmatrix} 0 & -\dfrac{1}{n_1} \\ 0 & -\dfrac{1}{n_2} \end{pmatrix}$	$\dfrac{n_2}{n_1}Z_1$	$\dfrac{n_1}{n_2}Z_s$	$\dfrac{U_o}{U_s} = -\dfrac{n_1 n_2 Z_1}{n_2 Z_1 + n_1 Z_s}$	0
	$U—I$ $I—U$ $P—P$	$\begin{pmatrix} 0 & -Y \\ -\dfrac{1}{Z} & 0 \end{pmatrix}$	$\dfrac{YZ}{Z_1}$	$\dfrac{YZ}{Z_s}$	$\dfrac{U_o}{U_s} = -\dfrac{Z_1 Z}{YZ + Z_1 Z_s}$	$\dfrac{4kT}{\mathrm{Re}(Z)}\mathrm{Re}(Z_s)^2 + 4kT\,\mathrm{Re}(Y)m^2$
	$U—U$ $I—U$ $P—U$	$\begin{pmatrix} 0 & -\dfrac{1}{n} \\ -\dfrac{1}{Z} & 0 \end{pmatrix}$	$\dfrac{Z}{n}$	0	$\dfrac{U_o}{U_s} = -\dfrac{n}{1+\dfrac{nZ_s}{Z}}$	$\dfrac{4kT}{\mathrm{Re}(Z)}\mathrm{Re}(Z_s)^2$
	$I—I$ $V—I$ $P—I$	$\begin{pmatrix} 0 & -Z \\ 0 & -\dfrac{1}{n} \end{pmatrix}$	nZ	∞	$\dfrac{U_o}{U_s} = -\dfrac{n}{nZ + Z_s}$	$4kT\,\mathrm{Re}(Z)$

2. Nullor 的设计

模拟结构集成电路设计中，Nullor 可以用单级 BJT 和 FET 放大器，如共射极（Common Emitter, CE）或共源极（Common Source, CS）、共基极（Common Base, CB）或共栅极（Common

Gate，CG）和共集电极（Common Collector，CC）或共漏极（Common Drain，CD）等综合，也可以用单级 BJT 和 FET 的组合电路，如达林顿（Darlington）、单级 CE/CS 与单级 CB/CG 的级联（Cascode）、长尾（Long-tail）和全差分（Fully Differential Pair）等电路来实现，还可以用多级放大器来实现。表 3.3 总结了单级 BJT 和 FET 及其组合电路的输入阻抗 Z_i、输出阻抗 Z_o、电流增益 $1/D$ 和电压增益 $1/A$、截止频率 f_T 等小信号特性。

表 3.3　常用于综合 Nullor 的电路的小信号性能

级 ＼ 参数	Z_i	Z_o	f_T	交流电流增益（1/D）	交流电压增益（1/A）
CE	$Z_\pi = r_\pi // \dfrac{1}{sC_i}$	r_o	$f_T(CE) = \dfrac{g_m}{2\pi(C_\pi + C_\mu)}$	$\dfrac{\beta_o}{1+\beta_o \dfrac{jf}{f_T}}$	$g_m r_o$
CB	$\dfrac{\alpha}{g_m}$	r_o	$\dfrac{g_m}{2\pi C_\pi}$	$\alpha = \dfrac{\beta_o}{1+\beta_o}$	$g_m r_o +1$
CC	$Z_\pi(g_m Z_\pi +1)$	$Z_\pi /(g_m Z_\pi +1)$	∞	$(g_m Z_\pi +1)$	1
Fully Differential Pair （FET）	$\dfrac{2}{sC_i}$	$2r_{ds}$	$f_T(CS)$	$\dfrac{g_m}{sC_{gs}}$	$g_m r_{ds}$
（BJT）	$2Z_\pi$	$2r_o$	$f_T(CE)$	$\dfrac{\beta_o}{1+\beta_o \dfrac{jf}{f_T}}$	$1+\dfrac{1}{sC_\mu Z_\pi}$
Long-tail （FET）	$\dfrac{2}{sC_i}$	r_{ds}	∞	$1+\dfrac{g_m}{sC_{gs}}$	$g_m r_{ds} +1$
（BJT）	$2Z_\pi$	r_o	∞	$(g_m Z_\pi +1)$	$g_m r_o +1$
Darlington	$Z_\pi (g_m Z_\pi +1)$	r_o	$\approx 2 f_T(CE)$	$\dfrac{\beta_o}{1+\dfrac{\beta_o}{2} \dfrac{jf}{f_T}}$	$2g_m r_o$
CS	$\dfrac{1}{sC_i}$	r_{ds}	$f_T(CS) = \dfrac{g_m}{2\pi(C_{gs}+C_{gd})}$	$\dfrac{g_m}{sC_{gs}}$	$g_m r_{ds}$
CG	$\dfrac{1}{g_m}$	$\left(1+\dfrac{g_m}{sC_{gs}}\right)r_{ds}$	$\dfrac{g_m}{2\pi C_{gs}}$	1	$g_m r_{ds} +1$
CD	∞	$r_{ds} /(g_m r_{ds} +1)$	∞	$1+\dfrac{g_m}{sC_{gs}}$	1
Cascode （FET）	$\dfrac{1}{sC_i}$	$g_m r_{ds}^2$	$f_T(CS)$	$\dfrac{g_m}{sC_{gs}}$	$g_m r_{ds}(g_m r_{ds} +1)$
（BJT）	Z_π	$r_o(\beta_o +1)$	$f_T(CE)$	$\dfrac{\beta_o}{1+\beta_o \dfrac{jf}{f_T}}$	$g_m r_o(\beta_o +1)$

从表 3.3 中可以看出，CE 级对电压和电流都有放大作用，而 CS 级对电压有放大作用。C_μ / C_{gd}（注：表中的 C_i 为输入端到地的等效电容）跨接在输入和输出之间，降低了信号的隔离度，其本征电压增益为 $g_m r_o / g_m r_{ds}$。由于寄生电容 C_π / C_{gs} 和 C_μ / C_{gd} 的存在，所有的小信号参数都是频率的函数。CB/CG 级的输入阻抗约为 $1/g_m$，比 CE/CS 的输入阻抗小，其电流增益约等于 1，所以该级也称为电流跟随器。因此，CB/CS 级不适合做 LNA 的输入级。但是就单级电路而言，CB/CG 级的噪声密度与 CE/CS 相当。由于 C_μ / C_{gd} 被分置到放大器的输入和输出端，CB/CG 级可以用来抑制密勒效应，具有较高的信号隔离度。CC/CD 级的输出阻抗约为 $1/g_m$，比 CE/CS 的输出阻抗小，其电压增益约等于 1，所以该级也称为电压跟随器。因此，CC/CD 级也不适合做 LNA 的输入级，但 CC/CD 级本身的噪声密度也和 CE/CS 相当。电压放大器中的 Nullor 可以用 CE/CS 或 CC/CD 级综合，而电流放大器中的 Nullor 可以用 CE/CS 或 CB/CG 级实现。

全差分放大器的输入阻抗和输出阻抗都是单级 CE/CS 的两倍，电压增益和单级 CE/CS 相同，但跨导 g_m 约减小了一半，而且其噪声性能要比单级 CE/CS 差。全差分放大器的优点是，输入端和输出端都是差分信号，信号的摆幅较大，共模抑制比（CMRR）很高，可以抑制共模信号（如噪声和干扰等）。全差分放大器的缺点是，与单级 CE/CS 相比，它消耗了约相当于 CE/CS 两倍的功耗，并且占用了约相当于 CE/CS 两倍的芯片面积。

Cascode 有较大的输出阻抗，其中，BJT Cascode 的输出阻抗约为 βr_o，而 FET Cascode 的输出阻抗约为 $g_m r_{ds}^2$，所以 Cascode 的本征电压增益也很大。由于 CB/CG 级的存在，其信号隔离度较高，从而抑制了密勒效应。由于使用了电流复用技术，降低了功耗。另外，其噪声性能约与 CE/CS 相当，这是因为其前级 CE/CS 的增益较大。

Darlington 的特点是其截止频率约是单级 CE 的两倍，而电压放大倍数和单级 CE 相同。Darlington 电流放大倍数是两个 BJT 电流放大倍数之积，因此 Darlington 的增益带宽积比单级 CE 的大，所以常用于宽带和高增益放大器的设计。

Long-tail 的特点是其输入阻抗是单级 CE/CS 的两倍，而输出阻抗与单级 CE/CS 相当。它可以实现同相放大，但其电压增益是 CE/CS 的一半，噪声性能与全差分放大器相当。Long-tail 常用在负反馈放大器的设计中来实现负的环路增益（或负反馈）。

3.2.4　负反馈放大器的设计实例

试设计一个功率—电流（P—I）放大器。要求采用负反馈放大器的结构化设计方法，首先列举出可能的拓扑结构，然后从中筛选出噪声性能最佳的拓扑结构。

【设计】　遵循负反馈放大器的结构化设计方法，首先设计反馈网络（此时可将有源放大网络看做 Nullor）。然后再设计有源放大网络，即对 Nullor 进行综合。设计中这两个步骤是正交的。

典型的 P—I 放大器[8-10]有两个反馈网络：一个是 $I \rightarrow I$ 反馈环，即将输出电流以并联的方式反馈到放大器的输入端，因此是同源反馈。另一个是 $I \rightarrow U$ 反馈环，即将输出电流转换成电压，以串联的方式反馈到放大器的输入端，因此是异源反馈。在上节中提到，$I \rightarrow I$ 的实现方式有以下三种：

1）I Divider（分流器）；

2）TF（变流器）；

3）Active（有源信号放大器）。

实际中用 Active 实现 $I{\to}I$ 的方式过于复杂，这里不予考虑。剩下的两种方式分别为分流器（这里用 α 表示）和变流器 TF。而 $I{\to}U$ 转化器的实现方式有以下三种：

1）无源器件 Z；

2）变压器与无源器件的组合 TF+Z；

3）有源信号放大器与无源器件的组合 Active+Z。

其中，用 TF+Z 实现 $I{\to}U$ 的具体方式又有两种：一种是输出电流先经过 TF 变流，然后再用 Z 将电流转变成电压（这里用 TF_Z 表示）。另一种是输出电流先经过 Z 转变成电压，然后再用 TF 变压（用 Z_TF 表示）。这样，$P{-}I$ 的具体实现方式可以归为两类：一类称为 α-PI，另一类称为 TF-PI。其中每一类又各有 4 种具体实现方式：

TF-PI：TF+Z，TF+Active_Z，TF+TF_Z，TF+Z_TF，如图 3.4a～d 所示；

α-PI：α+Z，α+Active_Z，α+TF_Z，α+Z_TF，如图 3.4e～h 所示。

图 3.4 所示为以上 8 种 $P{-}I$ 电路的拓扑结构。注意，图中用带有噪声源的 Nullor 表征任意的有源二端口网络。从图中可以看出，α-PI 的实现与 TF-PI 的实现有两方面的不同：

1）TF 用作变流时可改变信号的极性，而 α 分流器则不能；

2）TF 用作反馈器件时，可以直接与输出电流信号相连。而 α 用无源器件进行分流时，则要同时占用 Nullor 的两个输出端，这时输出的电流信号无法输送到负载上。

为了解决 α-PI 的实现中既要保证引入的是负反馈，同时又要将输出电流馈送到负载上这两方面的问题，实际设计中引入了间接负反馈的概念。具体做法是在电路的输出端再额外引出一个输出级（或输出级对），该输出级（或输出级对）的作用是复制输出电流信号并将其送给负载。图 3.4e～图 3.4h 中，用带有 4 个输出端子的 Nullor 来表示具有间接反馈的有源放大网络。

接下来对 Nullor 进行综合。在 3.2.3 节中提到，Nullor 的输入级可以采用单级的 CE/CS、Cascode、全差分或 Long-tail 电路。其后级电路既可以采用单级的 CE/CS、CB/CG、CC/CD，又可以是多个单级的级联如 Cascode、全差分、Long-tail 或 Darlington 等。图 3.5 所示为 TF-PI 中 Nullor 的三种简单综合方式。其中图 a 是单级 CS，图 b 是 CS 与差分对的两级组合，图 c 是三级 CS 的级联。图 3.6 所示为 α-PI 中 Nullor 的三种简单综合方式。其中图 a 是带有间接反馈的单级 CE，图 b 是带有间接反馈的 CE 与其差分对组成的两级放大，图 c 是带有间接反馈的三级 CE 的级联。

从噪声的角度分析，α+Z 和 TF+Z 具有较好的噪声性能。实际中由于 TF 的实现具有诸多的非理想特征，其噪声性能要比 α+Z 差。因此，图 3.6 是最佳的 $P{-}I$ 拓扑结构。

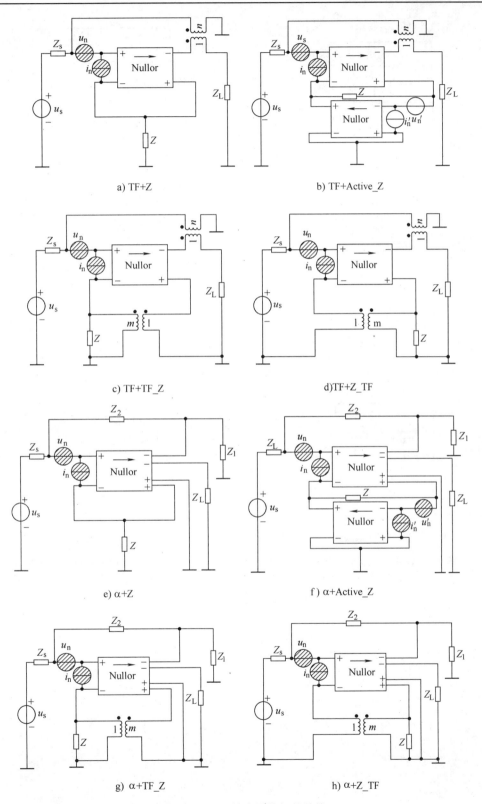

图 3.4 *P—I* 放大器的拓扑结构

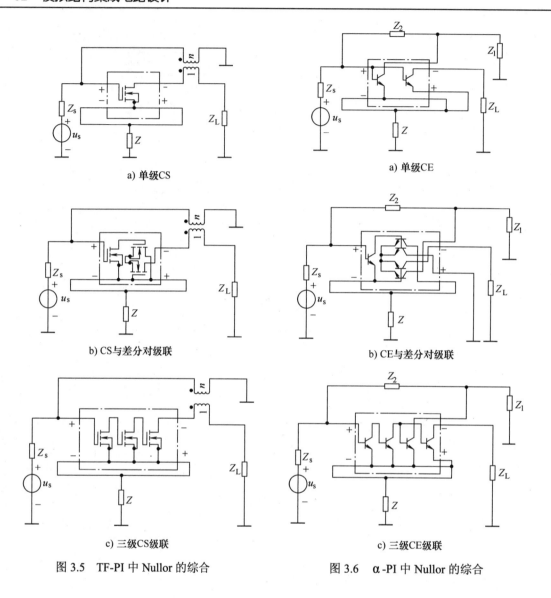

a) 单级CS

a) 单级CE

b) CS与差分对级联

b) CE与差分对级联

c) 三级CS级联

c) 三级CE级联

图 3.5　TF-PI 中 Nullor 的综合

图 3.6　α-PI 中 Nullor 的综合

第4章 电 噪 声

4.1 噪声源

电噪声是半导体器件的一种自然属性，主要是由半导体器件内部的小电流和小电压的波动所产生的。模拟结构集成电路设计中所涉及的诸多噪声源，如热噪声（Thermal Noise）、散粒噪声（Shot Noise）、闪烁噪声（Flicker Noise）、雪崩噪声（Avalanche Noise）和爆米（或爆破）噪声（Popcorn or Burst Noise）等[11]，都是由离散电荷不规则的运动过程所产生的。热噪声是由载流子的热运动和带电电荷（尤其是电子）碰撞时的动能所产生的，其所产生的电流正比于热力学温度。散粒噪声是由于带电载流子在穿越 PN 结的势垒时引起的，一个载流子穿越势垒的可能性取决于其所具有的能量和相对势垒的速度，这和流过 PN 结的正向电流有关。闪烁噪声的产生源于器件表面的缺陷或制作过程中对器件表面的损伤，由于该噪声是与频率成反比的，因此也称为 $1/f$ 噪声，闪烁噪声存在于所有的半导体器件中。雪崩噪声是由 PN 结中的齐纳或雪崩击穿所形成的。爆米噪声是一种低频噪声。后两种噪声源尚处于研究阶段，不在本章的考虑范围之内。

4.2 噪声模型

本节主要讨论有源器件和无源器件的噪声模型。无源器件中的电阻主要产生热噪声和闪烁噪声。电阻的热噪声功率谱密度（NPSD）可以表示为[12]

$$\overline{u_n^2} = 4kTR \tag{4.1}$$

或

$$\overline{i_n^2} = \frac{4kT}{R} \tag{4.2}$$

式中，u_n 和 i_n 为由电阻 R 所产生的热噪声电压（$V/\sqrt{Hz}$）和热噪声电流（$A/\sqrt{Hz}$）；k 为玻尔兹曼常数。

电阻的闪烁噪声功率谱密度为

$$\overline{u_n^2} = 4kTR\frac{f_c}{f} \tag{4.3}$$

式中，f_c 为器件的噪声转角频率（Noise Corner Frequency），即当该器件的所产生的闪烁噪声功率和热噪声功率相等时所对应的频率。

无源器件中理想的电容和电感在电路设计中可看做是无噪声器件。

有源器件中的二极管主要产生散粒噪声。当流过二极管的电流为 I_D 时，该散粒噪声的功率谱密度是

$$\overline{i_n^2} = 2qI_D \tag{4.4}$$

一个正向偏置的 BJT 主要有 4 个噪声源:由基区体电阻 r_b 引起的热噪声,用 u_{nb} 表示;BJT 的两个偏置电流 I_c 和 I_b 在其发射结与集电结产生的两个散粒噪声,分别用 i_{nc} 和 i_{nb} 表示;一个用噪声电流源 i_{nf} 表示的闪烁噪声。图 4.1 所示为 BJT 的噪声模型(本章中,所有噪声源均用阴影表示)。

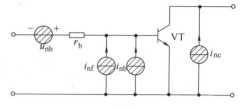

图 4.1　BJT 的噪声源模型

BJT 的上述 4 个噪声源的功率谱密度分别为

$$\overline{u_{nb}^2} = 4kTr_b \tag{4.5}$$

$$\overline{i_{nc}^2} = 2qI_c \tag{4.6}$$

$$\overline{i_{nb}^2} = 2qI_b \tag{4.7}$$

$$\overline{i_{nf}^2} = 2qI_b \frac{f_c}{f} \tag{4.8}$$

工作在饱和区的结型场效应晶体管(Junction Field Effect Transistor,JFET)器件也主要有 4 个噪声源,其中占主导地位的是沟道热噪声 i_{nd},是由栅—源电压控制的沟道电阻引起的。JFET 也有一个散粒噪声 i_{ng},是由饱和栅电流流经反向偏置的栅和沟道之间的 PN 结所产生的,或简言之是由栅极漏电流所产生的。除闪烁噪声 i_{df} 外,还存在一个栅极感生噪声电流源 i_{ig},是由于 FET 工作在其截止频率附近的高频时,沟道噪声通过电容耦合到栅极上所产生的。因此 i_{nd} 与 i_{ig} 是相关的噪声源。图 4.2 所示为 JFET 噪声源模型,这里忽略了由较小的栅极电阻引起的热噪声。与 JFET 相比,MOSFET 主要有沟道热噪声 i_{nd}、闪烁噪声 i_{df} 和栅极感生噪声电流源 i_{ig}。由于该器件中不存在 PN 结,因此没有散粒噪声。

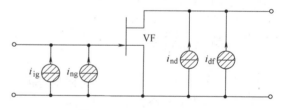

图 4.2　JFET 噪声源模型

JFET 的功率谱密度可以表示为

$$\overline{i_{nd}^2} = 4kTcg_m \tag{4.9}$$

$$\overline{i_{df}^2} = 4kTcg_m \frac{f_c}{f} \tag{4.10}$$

$$\overline{i_{ng}^2} = 2qI_g \tag{4.11}$$

$$\overline{i_{ig}^2} = 4kT \frac{\omega^2 C_{gs}^2}{3g_m} \tag{4.12}$$

式中,g_m 为跨导;I_g 为栅极电流;C_{gs} 为栅—源极间电容;c 为与制造工艺有关的常数[11,13],在长沟道管工作在饱和区时,JFET 中 $c = 2/3$,在 MOSFET 中 $2/3 \leqslant c \leqslant 2$。

需要指出的是,栅极感生噪声电流 i_{ig} 和热噪声电流 i_{nd} 是相关的。由于 FET 的沟道更接近于器件的表面,所以 FET 的转角频率远大于 BJT 的转角频率。实际中 FET 的转角频率高于几十千赫，而 BJT 的转角频率接近几千赫。

一般来说，任何二端口网络的噪声源模型都可以用两个等效的噪声源来表示，即一个噪声电压 u_n 和一个噪声电流 i_n，并且 u_n 与 i_n 是所有噪声源在输入端口的等效，如图 4.3 所示。

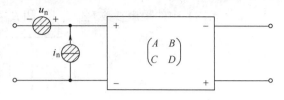

图 4.3　二端口网络的噪声源模型

4.3　表征噪声的参数

射频（RF）和微波（Microwave）电路的噪声性能可以用一些基本的噪声参数来评价，如信噪比（Signal-to-Noise Ratio，SNR）、噪声因子（Noise Factor）、噪声系数（Noise Figure，NF）和噪声温度（Noise Temperature）等[13]。其中，信噪比 SNR（dB）简单的定义为信号功率 P_s 与噪声功率 P_n 之比，常用分贝表示，即

$$SNR = 10\log\frac{P_s}{P_n} \tag{4.13}$$

而噪声功率 P_n 可以用等效的噪声电压 u_n 与噪声电流 i_n 来计算

$$P_{nv} = \int_{f_l}^{f_h} u_n \times u_n^* \mathrm{d}f \tag{4.14}$$

或

$$P_{ni} = \int_{f_l}^{f_h} i_n \times i_n^* \mathrm{d}f \tag{4.15}$$

式中，f_l、f_h 为该电路工作的下限频率与上限频率；P_{nv} 的单位为 V^2，P_{ni} 的单位为 A^2；u_n^* 为 u_n 的共轭；i_n^* 为 i_n 的共轭。

噪声因子 F 定义为电路的输入信噪比（SNR_{IN}）与输出信噪比（SNR_{OUT}）之间的比值，或电路中总的输出（或输入）噪声功率与由信号源所引起的输出（或输入）噪声功率的比值[14]，即

$$F = \frac{SNR_{IN}}{SNR_{OUT}} = \frac{\text{总的输出（或输入）噪声功率}}{\text{信号源输出（或输入）的噪声功率}} \tag{4.16}$$

噪声系数 NF 是噪声因子 F 的分贝表示。噪声温度 T_N 是指当电路本身所产生的噪声等效为信号源电阻所产生的噪声时，信号源电阻所需的温度变化量。噪声温度与噪声因子的关系为

$$T_N = T_s(F-1) \tag{4.17}$$

式中，T_s 为参考温度（一般为 290K），通常噪声性能都是相对于该温度的。

实验证明，1dB 的噪声系数约相当于 70K 的噪声温度。

在射频和微波电路设计中，常用噪声参数 F_{min}（器件或电路所能达到的最低噪声因子），Y_{opt}（最优噪声匹配导纳）和 R_n（噪声电阻）来计算噪声因子，公式如下[15]：

$$F = F_{min} + \frac{R_n}{G_s}\Big[(G_{opt} - G_s)^2 - (B_{opt} - B_s)^2\Big] \tag{4.18}$$

式中，Y_s 为信号源导纳 $Y_s = G_s + jB_s$，$Y_{opt} = G_{opt} + jB_{opt}$。

式（4.18）中的噪声参数 F_{min}、Y_{opt} 和 R_n 可用以下公式计算[16]：

$$Y_{opt} = \sqrt{\frac{C_{ii^*}}{C_{uu^*}} - \left[I_m \left(\frac{C_{ui^*}}{C_{uu^*}} \right) \right]^2} + j I_m \left(\frac{C_{ui^*}}{C_{uu^*}} \right) \tag{4.19}$$

$$F_{min} = 1 + \frac{C_{ui^*} + C_{uu^*} Y_{opt}^*}{kT} \tag{4.20}$$

$$R_n = \frac{C_{uu^*}}{2kT} \tag{4.21}$$

式中，C_{uu^*}、C_{ui^*} 和 C_{ii^*} 为相关噪声矩阵，由下列公式确定：

$$C_{uu^*} = u_n \times u_n^* \tag{4.22}$$

$$C_{ui^*} = u_n \times i_n^* \tag{4.23}$$

$$C_{ii^*} = i_n \times i_n^* \tag{4.24}$$

在出现相关噪声源时，用相关噪声矩阵确定噪声性能是十分方便的，比如在 FET 器件中，计算噪声性能时就常采用相关噪声矩阵。

4.4　噪声源的转移

为方便计算噪声大小和比较噪声性能，电路中的所有噪声源都应等效到电路的输入端来处理。第 1 章所提到的信号源的转移、$ABCD$ 矩阵，以及各种辅助定理等知识常用来计算等效噪声源。具体而言，对噪声源进行转移时可以遵循下列步骤：

1）噪声源的转移起始于鉴别电路中所有有源器件和无源器件的噪声源。

图 4.4 所示为一个反相放大器，电路中标出了所有器件的噪声源，其中包括有源器件 VF$_1$ 和 VF$_2$ 所产生的沟道热噪声 i_{nd}、闪烁噪声 i_{df} 和栅极感生噪声电流源 i_{ig}，且 i_{nd} 与 i_{ig} 是相关的噪声源。此外，还有无源器件 R_1 所产生的热噪声 u_{nR}（注意，一般情况下，负载可看做是无噪声的）。

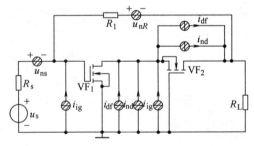

图 4.4　反相放大器中的噪声源

2）电路中的有源放大网络在等效为有源二端口网络的噪声模型（见图 4.3）前，首先要对其内部的噪声源进行转移以简化分析。

图 4.4 中的 VF$_1$ 和 VF$_2$ 为有源器件，通过电压源或电流源的转移，可以简化其噪声源。假定 VF$_1$ 和 VF$_2$ 的参数完全相同，那么在两级之间，由于 VF$_1$ 和 VF$_2$ 产生的噪声源 i_{df} 和 i_{nd} 在转移后大小相等，方向相反，因而相互抵消。又由于 i_{ig} 相对较小，可以忽略。这样，VF$_1$ 和 VF$_2$ 之间就不再存在噪声源，如图 4.5、图 4.6 所示。

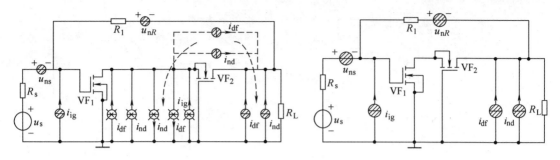

图 4.5 有源器件的噪声转移　　　　　图 4.6 有源器件的噪声源的相互抵消

3）将位于有源放大网络输出端的噪声源用 $ABCD$ 矩阵等效到其输入端。

图 4.6 中，位于放大器输出端的噪声源 i_{df} 和 i_{nd} 可以用 $ABCD$ 矩阵等效到放大器的输入端。其中有源放大网络的 $ABCD$ 矩阵为单级 CS 和单级 CG 各自的 $ABCD$ 矩阵的级联，即

$$\begin{pmatrix} u_{ni} \\ i_{ni} \end{pmatrix} = \begin{pmatrix} A & B \\ C & D \end{pmatrix}_{CS} \begin{pmatrix} A & B \\ C & D \end{pmatrix}_{CG} \begin{pmatrix} u_{no} \\ i_{no} \end{pmatrix}$$

$$= \begin{pmatrix} 0 & -\dfrac{1}{g_m} \\ 0 & -\dfrac{j\omega}{\omega_T} \end{pmatrix}_{CS} \begin{pmatrix} 0 & -\dfrac{1}{g_m} \\ 0 & 1 \end{pmatrix}_{CG} \begin{pmatrix} 0 \\ i_{nd} + i_{df} \end{pmatrix}$$

$$= \begin{pmatrix} -\dfrac{1}{g_m}(i_{nd} + i_{df}) \\ -\dfrac{j\omega}{\omega_T}(i_{nd} + i_{df}) \end{pmatrix}$$

这时，有源放大网络就可以等效为一个带有噪声电压源 u_n 和噪声电流源 i_n 的二端口网络，此时可将该二端口网络可看做 Nullor。其中

$$u_n = u_{ni} = -\frac{1}{g_m}(i_{nd} + i_{df})$$

$$i_n = i_{ni} + i_{ig} = i_{ig} - \frac{j\omega}{\omega_T}(i_{nd} + i_{df})$$

完成有源放大网络噪声源转移后的电路如图 4.7 所示。

4）有源放大网络所等效的噪声电压源 u_n 和噪声电流源 i_n 继续向电路的输入端转移。

图 4.8 所示为图 4.7 中的 u_n 和 i_n 经过噪声源转移后的电路。这里只有 u_n 进行了分支转移，即分别转移到电路的输入端和 R_1 支路中，而 i_n 则直接连接到电路的输入端。

5）如果需要，可用戴维南定理或诺顿定理将噪声电压源（或噪声电流源）先变换为噪声电流源（或噪声电压源），然后再进行噪声源的转移。

图 4.8 中的 u_n 与 u_{nR} 之和首先被变换为噪声电流源 $i_{nR} = (u_n + u_{nR}) / R_1$，然后 i_{nR} 被分别转移到 Nullor 的输入端和输出端，如图 4.9 所示。

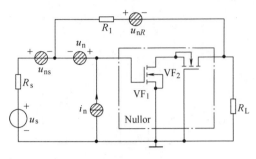

图 4.7   有源器件输出端噪声源等效到输入端

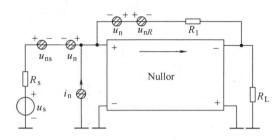

图 4.8   放大器输入端噪声源的转移

6）由于 Nullor 的 *ABCD* 矩阵的 4 个元素都是零，其输出端的噪声源等效到输入端时为零，对输入端噪声没有影响，因此当将有源放大网络当做 Nullor 时，转移到其输出端的所有噪声源都可以忽略。

图 4.9 中，位于 Nullor 输出端的噪声源 i_{nR} 可以忽略。

7）最后，根据信号源的特性，等效到放大器输入端的所有噪声源被唯一地表示为噪声电压源（当信号源为电压源时）或噪声电流源（当信号源为电流源时），以便计算噪声功率。值得注意的是，在噪声源转移的过程中会产生许多相关噪声源，在计算噪声功率之前，应将其合并。

图 4.4～图 4.9 所示的反相放大器中，信号源为电压源，因此所有噪声源都被等效为噪声电压源。由于等效噪声电压源中的 u_n 与噪声电流源 i_{nR} 中的 u_n / R_1 为相关噪声，因此计算时要将其合并。

8）噪声电压源的极性和噪声电流源的方向可以是任意假定的，这是因为噪声最后都是以功率的形式进行计算的，对噪声极性或方向的任意假定并不影响对噪声功率的计算。但要注意，在噪声源的转移中或者出现相关噪声源时要考虑其极性或方向。

最后得到的等效噪声电压源为

$$u_{nT} = u_n + \frac{u_n}{R_1} R_s + i_n R_s + \frac{u_{nR}}{R_1} R_s$$
$$= \left(1 + \frac{R_s}{R_1}\right) u_n + i_n R_s + \frac{R_s}{R_1} u_{nR} \qquad (4.25)$$

完成噪声转移后的电路如图 4.10 所示。

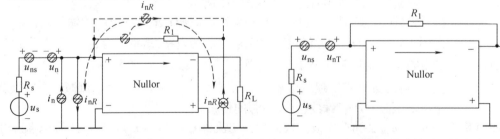

图 4.9   反馈支路中的噪声源等效到 Nullor 的输入端和输出端   图 4.10   完成噪声转移后的电路

4.5　噪声的优化

为了获得良好的噪声性能，电路设计中往往需要采取一些比较有效的优化噪声的措施。常见的噪声优化有下面几种方法。

1.　在放大器的输入级优化偏置电流

由于 BJT 的集电极与基极的散粒噪声以及 FET 的沟道热噪声都依赖于晶体管的偏置电流，因此在输入级正确地设计偏置电流就可以获得较好的噪声性能。如果放大器的输入级是 BJT，则存在一个全局的噪声优化电流。图 4.11 所示为 BJT 经过转移后的等效噪声源。其等效的输入噪声可以表示为

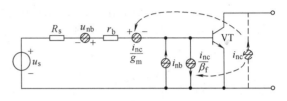

图 4.11　BJT 的等效噪声源模型

$$u_{neq} = u_{nb} + \frac{i_{nc}}{g_m} \tag{4.26}$$

$$i_{neq} = i_{nb} + i_{nc}\left(\frac{1}{\beta_f} + \frac{j\omega}{\omega_T}\right) \approx i_{nb} + \frac{i_{nc}}{\beta_f} \tag{4.27}$$

注意，以上两式式（4.26）、式（4.27）中均不存在相关噪声源，因此未考虑其极性或方向。因为信号源是一个电压源，所以需要用电压源来表示等效噪声源，即

$$u_n = u_{neq} + (R_s + r_b)i_{neq} \tag{4.28}$$

则噪声功率谱密度为

$$S_n = u_n \times u_n^* = 4kTr_b + \frac{2qI_c}{g_m^2} + (R_s + r_b)^2 2qI_b \tag{4.29}$$

当 $\dfrac{\partial S_n}{\partial I_c} = 0$ 时，有

$$I_{c,opt} = \frac{U_T\sqrt{\beta_f}}{R_s + r_b} \tag{4.30}$$

式中，U_T 为热电压，$U_T = \dfrac{kT}{q}$ 在室温时是 25.9mV。

对于小电流 I_c，BJT 的噪声功率谱密度主要由 $\dfrac{2qI_c}{g_m^2}$ 项决定，因而 $S_n \propto \dfrac{1}{I_c}$；对于大电流 I_c，其功率谱密度则主要由 $(R_s + r_b)^2 2qI_b$ 项决定，因而 $S_n \propto I_c$。图 4.12 所示为 BJT 以电流 I_c 为变量时的典型的噪声性能。

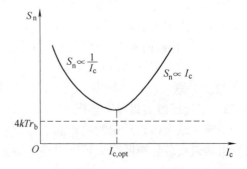

图 4.12　BJT 的噪声功率谱密度与偏置电流 I_c 的关系

同理，在 FET 的输入端（见图 4.13），等效噪声电压为

$$u_n = \frac{i_{nd}}{g_m} + \frac{j\omega}{\omega_T} i_{nd} R_s \tag{4.31}$$

并且

$$S_n = \{1 + [\omega(C_{gs} + C_{gd})R_s]^2\} \frac{4kTc\Delta f}{g_m} \propto \frac{1}{\sqrt{I_D}} \tag{4.32}$$

从式（4.32）中可以看出，FET 的噪声功率与偏置电流 I_D 的开方成反比，所以没有全局的噪声优化电流存在，如果 I_D 越大，其噪声性能越好。图 4.14 所示为 FET 以电流 I_D 为变量时的典型的噪声性能。

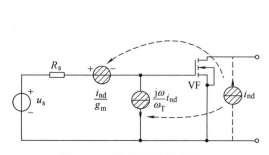

图 4.13 FET 的等效噪声源

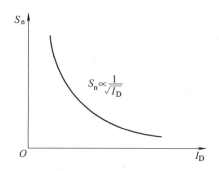

图 4.14 FET 的噪声功率谱密度与偏置电流 I_D 的关系

此外，噪声功率谱密度也是频率的函数。图 4.15 所示为 BJT 与 FET 在工作频率下近似的噪声性能比较。在低频时，BJT 与 FET 中的噪声源主要是闪烁噪声，噪声功率谱密度与频率成反比。在高频时，噪声功率在不同频率段可以分别等效为正比于 f^0、f^1 和 f^2 等，即相当于噪声功率谱密度的傅里叶级数展开。

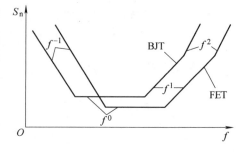

图 4.15 BJT 与 FET 的噪声性能比较

2．放大器的输入级用几个 BJT 或 FET 并联或串联

第二种优化偏置电流的方法是在放大器的输入级采用多个 BJT 或 FET 的串联或并联。当 n 个 BJT 或 FET 输入级串联在一起时，同一种不相关的噪声电流减小为单管输入时的 $1/\sqrt{n}$，而噪声电压则增大了 $\sqrt{n}$ 倍。相反，当 n 个 BJT 或 FET 输入级并联在一起时，噪声电流比原来增大了 $\sqrt{n}$ 倍，而噪声电压则减小为单管输入时的 $1/\sqrt{n}$。事实上，在低噪声放大器设计中更多地采用的是 BJT 或 FET 并联的方法。举例来说，几个 BJT 并联可以显著的减小 r_b，而几个 FET 并联可以增加栅宽，从而优化偏置电流。

3．用变压器实现噪声匹配

低噪声放大器设计中的噪声匹配是一个关键问题。如图 4.16 所示，一个直观的方法是通过变压器来实现噪声匹配。可以得出，最优的变压器匹配匝数比是

$$n_{opt} = \frac{1}{\sqrt{R_s}} \sqrt[4]{\overline{u_n^2}/\overline{i_n^2}} \tag{4.33}$$

然而，由于其众所周知的非理想因素和寄生效应，在模拟结构集成电路设计中，实际的物理变压器并不是直接连接在信号路径上的理想器件。但随着制造工艺技术的发展，可以期待在不久的将来，物理变压器不仅是理想的反馈网络的实现器件，而且在信号路径上也会表现出更好的性能。

放大器的输入级决定其噪声与阻抗匹配的性能，因此在 LNA 设计中常常希望在输入级能实现噪声与输入阻抗的同时匹配。匹配的规则是首先将噪声与输入阻抗看做是正交的，然后分别匹配。例如，源极退化结构被广泛应用于窄带低噪声放大器的设计中[17]。在图 4.17 中，通过选择 L_s 和 L_g 来匹配输入阻抗，而通过并联 VF_1 和 VF_2 以匹配噪声。另一种实现噪声和功率同时匹配的方法是采用双反馈环路的电路拓扑结构以匹配输入阻抗，同时在放大器的输入级选择最优噪声偏置电流或采用多个 BJT 或 FET 并联来匹配噪声。在实际应用中，要综合使用上述几种方法。

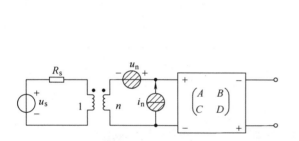

图 4.16　用变压器实现噪声匹配

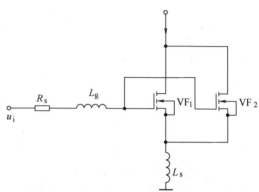

图 4.17　采用源极退化结构的低噪声放大器

4.6　噪声抵消技术

噪声抵消技术是指通过对放大电路中的某些节点上的噪声信号进行一定形式的算术运算，使得这些节点上的噪声信号在放大器输出端所产生的总的噪声信号幅度减小或趋近于零。应当指出，噪声抵消的前提是不能减小信息信号的幅度。

4.6.1　噪声抵消技术的原理

图 4.18 所示为噪声抵消技术的原理示意图。假设图中 A、B 两节点信息信号的电压分别为 u_{SA} 和 u_{SB}，其噪声信号的电压分别为 u_{NA} 和 u_{NB}。这样，在输出端 O 所产生的信息信号 u_{SO} 和噪声信号 u_{NO} 分别为

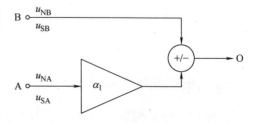

$$u_{SO} = u_{SB} \pm \alpha_1 u_{SA} \qquad (4.34)$$

$$u_{NO} = u_{NB} \pm \alpha_1 u_{NA} \qquad (4.35)$$

图 4.18　噪声抵消技术原理示意图

可见，要想在 O 点抵消噪声信号同时保留信息信号，则要求式（4.35）等于零，同时式（4.34）不为零，且 $u_{SO} > u_{SB}$。实际中，如果满足 $u_{SB} > u_{SA}$ 以及 $u_{NB} > u_{NA}$，则要求 α_1 大于 1，即 α_1 为放大器。以上两式中若取 "+" 号，称之为 "和" 运算，若取 "−" 号，称之为 "差" 运算。当然，如果两节点 A 和 B 的信息信号相位相同（或相反）且噪声信号相位相同（或相反）时，噪声抵消不会成功。因此，在电路中常见的是以下两种情况（见表 4.1）：

1）若 u_{SA} 与 u_{SB} 同相，且 u_{NA} 与 u_{NB} 反相，则当取 "和" 运算时，α_1 应为正才有可能使噪声信号抵消而使信息信号叠加。同理，当取 "差" 运算时，α_1 应为负。

2）若 u_{SA} 与 u_{SB} 反相，且 u_{NA} 与 u_{NB} 同相，则当取 "和" 运算时，α_1 应为负。同理，当取 "差" 运算时，α_1 应为正。

表 4.1 噪声抵消的条件

	"和" 运算	"差" 运算
u_{SA} 与 u_{SB} 同相 u_{NA} 与 u_{NB} 反相	α_1 为正	α_1 为负
u_{SA} 与 u_{SB} 反相 u_{NA} 与 u_{NB} 同相	α_1 为负	α_1 为正

由于 $|\alpha_1| > 1$，因此必须要用放大电路来实现之。一般可采用长尾（Long-tail）电路来实现正的 α_1，而采用单级反相放大器来实现负的 α_1。由于前者比后者电路复杂，因此后者较为常用。图 4.12 中的 "和" 运算可以通过简单的电压跟随器，如射极跟随器（CC）或源极跟随器（CD）来实现。而 "差" 运算则既可以直接在输出端取差信号，也可以用差分放大器或变压器来实现。若 α_1 由反相放大器实现，则可以得到电路中常用的两种噪声抵消技术，分别称其为反相前馈 "和" 运算与反相前馈 "差" 运算，如图 4.19 所示。

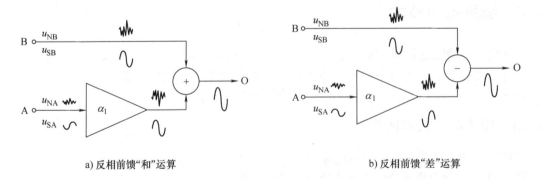

a) 反相前馈"和"运算　　　　　　　　　　　　　　b) 反相前馈"差"运算

图 4.19 常用的噪声抵消技术

4.6.2 噪声抵消技术的实现电路

噪声抵消技术的一般电路结构如图 4.20 所示。它包括放大器的输入级（完成信号放大与阻抗匹配），噪声信号检测级（完成噪声信号的检测与放大，即实现 α_1），以及混合信号合成级（完成噪声信号的抵消以及信息信号的叠加）[18]等电路。

图 4.20 的实现电路要视电路的具体情况而定。如果电路的输入级为 CE/CS，则图 4.18 中 A、B 两节点分别对应于 BJT 或 FET 的 B/G 和 C/D。此时为抵消集—射极间的散粒噪声 i_{nc} 或漏—源极间的沟道热噪声 i_{nd}，可采用图 4.19a 的电路结构。这时 α_1 可由单级的 CE/CS 实现，而"和"运算则由单级的 CC/CD 实现。此外，为使 B、C 间或 G、D 间的噪声

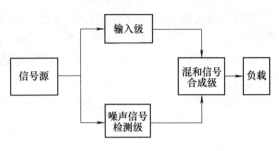

图 4.20　噪声抵消的一般电路结构

信号相位相同，需在这两个节点间加一个电阻 R，以使 i_{nc} 或 i_{nd} 同时流过 R 和信号源内阻 R_s。图 4.21a 和图 4.21b 所示分别是反相前馈"和"运算的简单实现电路与实际的实现电路。

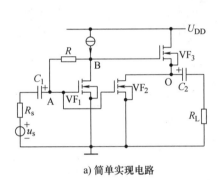

a) 简单实现电路

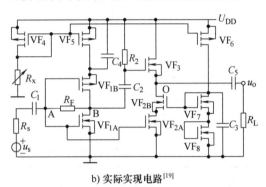

b) 实际实现电路[19]

图 4.21　反相前馈"和"运算

图 4.21a 中，若 A 点噪声电压为 u_{NA}，则 B 点噪声电压为

$$u_{NB} = \left(1 + \frac{R}{R_s}\right) u_{NA} \tag{4.36}$$

所以在 O 点的总的噪声电压为

$$u_{NO} = \left(1 + \frac{R}{R_s} - \frac{g_{m2}}{g_{m3}}\right) u_{NA} \tag{4.37}$$

这里的 g_{mi} 为管子 VF_i（$i=1,2,3$）的跨导。那么满足噪声抵消的条件为

$$\frac{g_{m2}}{g_{m3}} = 1 + \frac{R}{R_s} \tag{4.38}$$

而满足阻抗匹配的条件为

$$Z_{in} = R_s = \frac{1}{g_{m1}} \tag{4.39}$$

所以满足噪声抵消的条件又可表示为

$$g_{m2} = g_{m3}(1 + g_{m1}R) \tag{4.40}$$

该电路的总的信号增益为

$$A_{vf} = \frac{u_{SO}}{u_{SA}} = -\frac{R}{R_s} \tag{4.41}$$

如果输入级为 CB/CG，则图 4.18 中 A、B 两节点分别对应于 BJT 或 FET 的 E/S 和 C/D。此时由于两节点的信息信号相位相同，而噪声信号的相位相反，为抵消 i_{nc} 和 i_{nd}，可采用图 4.19b 的电路结构。同样 α_1 仍然用单级的 CE/CS 实现，而"差"运算既可以通过在输出端取两节点的差信号来实现，也可以用变压器来实现[20]。图 4.22a 和图 4.22b 所示分别是反相前馈"差"运算的简单实现电路和实际实现电路。表 4.2 列出了图 4.21b 和图 4.22b 电路的测试性能指标。

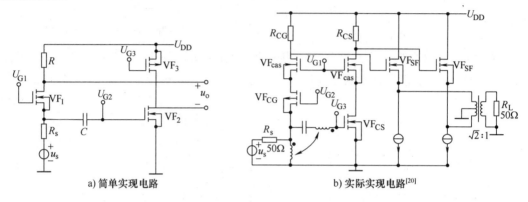

a) 简单实现电路   b) 实际实现电路[20]

图 4.22 反相前馈"差"运算

表 4.2 图 4.21b 和图 4.22b 电路的测试性能指标

	参考文献[19]	参考文献[20]
工艺	0.25μm CMOS	90nm CMOS
工作频率	50～860MHz	2.5～4.0GHz
输入反射损耗	<-9dB	
A_u	13.4dB	19.6dB
IIP_3	3.3dBm	-8dBm
NF	2.4～3.5dB	4.0～5.4dB
功耗	12mA@2.5V	8mW

实际上，不仅仅局限于 i_{nc} 和 i_{nd}，其他如 BJT 或 FET 的 $1/f$ 噪声，u_{nb} 和 u_{ng}，以及由输入级的匹配器件所产生的噪声等都可以被部分抵消。总之，噪声抵消技术的优点是：①能够抵消部分噪声，降低放大器的噪声系数；②提高信息信号的增益；③可以实现噪声与功率的同时匹配；④可以实现功率匹配与功率增益的正交设计。其缺点是：①其噪声信号检测级与混合信号的合成级都会引入新的噪声源，而这些噪声源很难被抵消；②只能对输入级的某一些噪声信号抵消，而且通常只能是部分抵消，作用有限；③噪声抵消是以增加功耗和芯片面积，提高电路的复杂度为代价换取的。

4.7 噪声举例

【例 4.1】 图 4.23 所示为带有两个反馈环（分别由 R_1 和 R_2 组成）的双反馈环功率放大器。其中的有源二端口网络是用噪声源 u_n 和 i_n，以及 Nullor 来等效的。假设信号源的输入功

率为 P_s ，该放大器的工作频率为 $\Delta f = [f_l, f_h]$ ，且 Nullor 的输入级由 FET 综合。试计算该放大器的信噪比 SNR 。

【解】

（1）确定器件产生的所有噪声源

除信号源阻抗产生的噪声 u_{ns} 外，电路中共有 4 个噪声源。分别是有源二端口网络的噪声源 u_n 和 i_n ，以及由双反馈环网络 R_1 和 R_2 所产生的噪声源 u_{n1} 和 u_{n2} ，如图 4.24 所示。

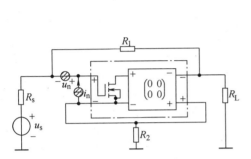

图 4.23 双反馈环功率放大器

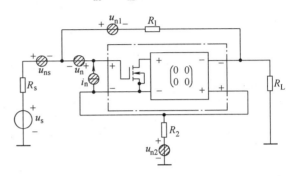

图 4.24 功率放大器的所有噪声源

（2）噪声源的转移

图 4.25 中， i_n 转移为两个噪声电流源：一个直接连接在放大器的输入端，另一个与 R_2 并联，进而转化为一个电压源 $i_n R_2$ 。因此 $i_n R_2$ 首先与 u_{n2} 合并为一个电压源 u_{nR2} 。合并后的电压源 u_{nR2} 一路被转移到 Nullor 的输出端，因而可以忽略，另一路被转移到 Nullor 的输入端，如图 4.26 所示。 u_{nR2} 与 u_n 串联，合并为 u_x' 。 u_x' 又转移为两个分支：一个直接与信号源串联，另一个则与 u_{n1} 串联，进而合并为一个电压源 u_x ，如图 4.27 所示，所以有

$$u_x = u_{n1} + u_n - u_{n2} - i_n R_2 \tag{4.42}$$

注意到 R_1 并接在放大器的输入端和输出端之间，则 u_x 应首先被转化为一个电流源 $i_n' = u_x / R_1$ ，然后 i_n' 分别被转移到放大器的输入端和 Nullor 的输出端，如图 4.27 所示。在 Nullor 输出端的电流源 i_n' 可以忽略，如图 4.28 所示。

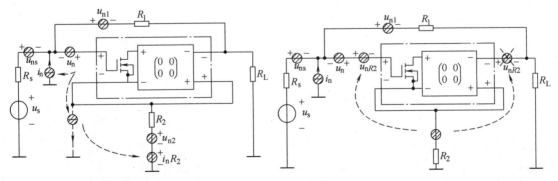

图 4.25 功率放大器噪声电流源的转移　　　图 4.26 功率放大器串联反馈环中的噪声电压源的转移

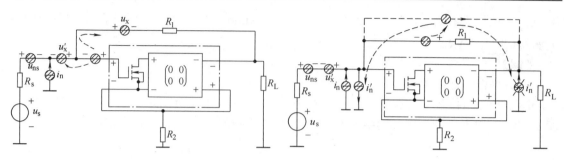

图 4.27 功率放大器输入端噪声电压源的转移   图 4.28 功率放大器并联反馈环中噪声电压源的转移

（3）计算等效噪声源与噪声功率谱密度

放大器输入端的等效噪声电压源和噪声电流源分别为

$$u_{neq} \approx u_n - u_{n2} - i_n R_2 \qquad （这里 u_{n1} 被忽略）$$

$$i_{neq} = i_n - \frac{u_x}{R_1}$$

可得

$$u_{nT} = u_{neq} + i_{neq} R_s$$

如图 4.29 所示。若假设 $R_s \ll R_1$，且 $R_s \gg R_2$，将上述条件代入式（4.42），得

$$S_n = \boldsymbol{u}_{nT} \times \boldsymbol{u}_{nT}^* \approx \overline{u_n^2} + \overline{i_n^2}(R_2 + R_s)^2 + \overline{u_{n2}^2}$$

$$(4.43)$$

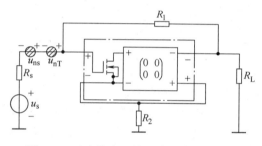

图 4.29 功率放大器输入端的等效噪声源

（4）计算信噪比 SNR

由于输入级为 FET，有

$$u_n \approx -\frac{1}{g_m} i_{nd}$$

$$i_n \approx -\frac{j\omega}{\omega_T} i_{nd}$$

将其代入式（4.43），可得

$$S_n \approx \frac{4kTc}{g_m}[1 + \omega^2(C_{gs} + C_{gd})^2(R_2 + R_s)^2] + 4kTR_2 \qquad (4.44)$$

则

$$SNR = \frac{P_s}{\int_{f_l}^{f_h} S_n df} \approx \frac{P_s}{\frac{4kTc\Delta f}{g_m}\left[1 + \frac{8\pi^3}{3}(C_{gs} + C_{gd})^2(R_2 + R_s)^2 \Delta f^2\right] + 4kTR_2\Delta f}$$

【例 4.2】   设信号源导纳为 $Y_s = G_s$，BJT 的基本工作参数 g_m、β_f 和 ω_T 等已知，忽略 r_b 的影响。试计算单级 CE 放大器的噪声参数 F_{min}、Y_{opt} 和 R_n，以及噪声因子 F。

【解】

（1）单级 CE 放大器的等效输入噪声为

$$u_n = \frac{i_{nc}}{g_m}$$

$$i_n = i_{nb} + i_{nc}\left(\frac{1}{\beta_f} + \frac{j\omega}{\omega_T}\right)$$

（2）计算相关噪声矩阵

$$C_{uu^*} = u_n \times u_n^* \approx \frac{2qI_c}{g_m^2}$$

$$C_{ui^*} = u_n \times i_n^* \approx \frac{2qI_c}{g_m}\left(\frac{1}{\beta_f} + \frac{j\omega}{\omega_T}\right)$$

$$C_{ii^*} = i_n \times i_n^* \approx \frac{2qI_c}{\beta_f}$$

（3）计算噪声参数

$$Y_{opt} = \sqrt{\frac{C_{ii^*}}{C_{uu^*}} - \left[I_m\left(\frac{C_{ui^*}}{C_{uu^*}}\right)\right]^2} + jI_m\left(\frac{C_{ui^*}}{C_{uu^*}}\right)$$

$$\approx g_m\left(\frac{\sqrt{\beta_f + 1}}{\beta_f} + \frac{j\omega}{\omega_T}\right)$$

$$\approx g_m\left(\frac{1}{\sqrt{\beta_f}} + \frac{j\omega}{\omega_T}\right)$$

$$F_{min} = 1 + \frac{C_{ui^*} + C_{uu^*}Y_{opt}^*}{kT}$$

$$\approx 1 + \frac{2kT\left(\frac{1}{\beta_f} + \frac{j\omega}{\omega_T}\right) + 2kT\left(\frac{1}{\sqrt{\beta_f}} - \frac{j\omega}{\omega_T}\right)}{kT}$$

$$\approx 1 + \frac{2}{\beta_f} + \frac{2}{\sqrt{\beta_f}}$$

$$R_n = \frac{C_{uu^*}}{2kT} \approx \frac{1}{g_m}$$

（4）计算噪声因子（$Y_s = G_s$）

$$F = F_{min} + \frac{R_n}{G_s}[(G_{opt} - G_s)^2 + B_{opt}^2]$$

$$\approx 1 + \frac{2}{\beta_f} + \frac{G_s}{g_m} + \frac{g_m}{G_s}\left(\frac{1}{\beta_f} + \frac{\omega^2}{\omega_T^2}\right)$$

第 5 章　非线性失真

依据模拟结构集成电路设计流程，完成了 Nullor 输入级的设计，即优化电路的噪声性能之后，接下来应该设计 Nullor 的输出级，即在输出级重点提高电路的线性度或减小失真。通常，在电路设计中会出现两种失真：线性失真和非线性失真。线性失真也称频率失真，包括幅度失真和相位失真。其中，幅度失真是指增益随频率的变化而变化，这种变化影响传输信号的幅值和宽带调制信号的波形。相位失真是指随频率的变化而变化的非线性相移特性。非线性相移在不同频率下会产生不同的时滞，由于构成波形的不同频率分量的时滞不同，这些时滞会对波形产生影响，从而导致波形失真。本章讨论的主要内容为非线性失真。非线性失真主要包括截止失真、饱和失真和弱失真等。在本章中，5.1 节分析非线性失真的起因，5.2 节介绍衡量非线性失真的主要参数及其测量方法，5.3 节主要讨论优化非线性失真的方法。

5.1　非线性失真的起因

电路分析中，用线性模型分析含有有源器件的具体电路时，其结果总是会与实际电路的性能有些偏离。这主要是由于常用的典型有源器件 BJT 和 FET 都是非线性器件，它们在实际工作时不可避免地会产生非线性失真。尤其在大信号输入时，电路的非线性失真更加明显。非线性失真产生的原因主要有以下三个：第一，非线性失真是由于 BJT 和 FET 的静态工作点过于靠近其截止区而产生的，称之为截止失真（Clipping Distortion）。一般情况下，有源器件不具有起始于坐标原点的线性特性，因此，有源器件需要外加偏置电路来补偿非原点量所需要的偏移，当输入或输出偏置量的偏移为零或较小时就容易发生截止失真。例如，交越失真就是典型的截止失真。图 5.1a 表明在输入信号很小或没有偏置时，要么没有输出信号，要么输出信号的形状已经发生畸变从而产生截止失真。第二，非线性失真是由于 BJT 的静态工作点过于靠近其饱和区或 FET 的静态工作点过于靠近其线性区，或由于有限的输出电压范围所引起的信号失真，称之为饱和失真（Saturation Distortion）。由于输出级的小信号比其他任一级的信号幅度都大，因此饱和失真最有可能在输出级发生。在负反馈放大器中，饱和失真会打断反馈环，这样即便再大的环路增益都不能提高放大器的线性或改善失真。事实上，输出信号的电压范围受很多因素限制，例如有限的供电电压、有限的增益（由于 BJT 的高注入效应，在较高的电流值时会产生增益衰减）、受限的功耗和较小的击穿电压等。图 5.1b 中，当静态工作点接近 BJT 的饱和区或 FET 的线性区时，在大输入信号下，输出信号可能会被削去一小半波形从而产生饱和失真。截止失真和饱和失真有时被统称为截止失真。第三，非线性失真由 BJT 和 FET 的非线性的 I—U 特性所产生，称之为弱失真（Weak Distortion）。当 BJT 工作在放大区或 FET 工作在饱和区时，其输出电流（i_C 或 i_D）和输入电压（u_{BE} 或 u_{GS}）之间的关系分别为

$$i_C = I_s(e^{\frac{u_{BE}}{V_T}} - 1) \tag{5.1}$$

和

$$i_D = k(u_{GS} - U_{TH})^2 \tag{5.2}$$

式中，I_s 为 BJT 的反向饱和电流；k 为与工艺有关的常数；U_{TH} 为 FET 器件的阈值电压。

式（5.1）表明，BJT 的输出电流是随输入电压呈指数变化的。将其按泰勒级数展开后，输出电流信号中包括输入电压信号的基波分量和所有谐波分量。式（5.2）表明，FET 工作在饱和区时输出电流和输入电压之间是二次方律的关系。根据其与激励源内阻的相关程度，弱失真又分为 β 失真和 g_m 失真。当激励源是电流时才会产生 β 失真，因此 β 失真只会在 BJT 中出现。β 失真在电流驱动级中占主导地位。在其电流增益 β 与集电极电流无关或者假设其所驱动的电阻 r_π 无穷大时才会产生。g_m 失真产生的原因是跨导 g_m 与 BJT 的集电极电流或 FET 的漏极电流相关。前面提到，BJT 或 FET 的输出电流与输入电压之间是非线性关系，因此，g_m 与输入电压之间也是非线性关系。g_m 失真在电压驱动级中占主导地位。由于 FET 的 $ABCD$ 矩阵中的所有非零项都是 g_m 的函数，因此 FET 只产生 g_m 失真。图 5.1c 中，I—U 特性曲线的斜率随输入电压信号幅度的增加而减小。即当信号幅度变化时，其小信号增益也随之改变，意味着相同的输入递增量导致不同的输出递增量，从而产生了弱失真。

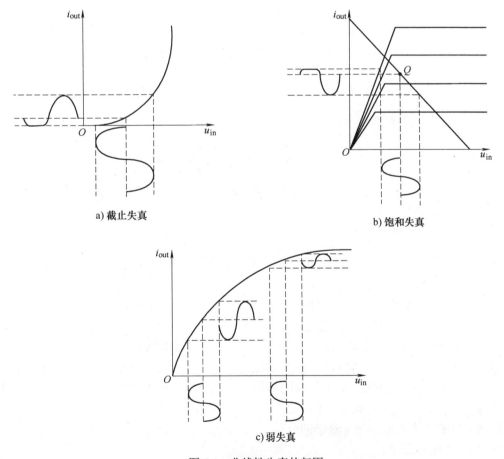

a) 截止失真

b) 饱和失真

c) 弱失真

图 5.1　非线性失真的起因

5.2   非线性失真的测量

系统的非线性失真可以用很多参数来衡量，如谐波失真（Harmonic Distortion，HD）、压缩点（Compression Point，CP）和交调点（Intercept Point，IP）等。测量的具体方法是首先用一个参考信号源去激励系统，然后测量所关心的输出量。这个参考信号可以是单频信号（通常用于测量单频或窄带系统），也可以是双（或多）频信号（通常用于测量宽带系统）。如果一个非线性系统的输入信号是 $x(t)$，则它的输出信号 $y(t)$ 可以近似地表示为

$$y(t) = a_1 x(t) + a_2 x^2(t) + a_3 x^3(t) + \cdots \tag{5.3}$$

式中，系数 $a_k = \dfrac{x^{(k)}(0)}{k!}$ $(k = 0, 1, 2, \cdots)$。

若用单频信号 $x(t) = A\cos(\omega t)$ 激励时，式(5.3)变为

$$\begin{aligned} y(t) &= \frac{a_2 A^2}{2} + \left(a_1 A + \frac{3}{4} a_3 A^3\right)\cos\omega t + \frac{a_2 A^2}{2}\cos(2\omega t) + \frac{a_3 A^3}{4}\cos(3\omega t) + \cdots \\ &= y_0 + y_1\cos(\omega t) + y_2\cos(2\omega t) + y_3\cos(3\omega t) + \cdots \end{aligned} \tag{5.4}$$

其中包含了直流分量 y_0、基波分量 y_1 和谐波分量 y_2、y_3、$\cdots$。如果一个非线性系统的输入信号为等幅值的双频信号，即 $x(t) = A\cos(\omega_1 t) + A\cos(\omega_2 t)$，则其输出信号为

$$\begin{aligned} y(t) &= a_2 A^2 + (a_1 A + \frac{9}{4} a_3 A^3)\cos(\omega_1 t) + (a_1 A + \frac{9}{4} a_3 A^3)\cos(\omega_2 t) \\ &+ \frac{1}{2} a_2 A^2 \cos(2\omega_1 t) + \frac{1}{2} a_2 A^2 \cos(2\omega_2 t) + a_2 A^2 \cos(\omega_2 - \omega_1)t \\ &+ a_2 A^2 \cos(\omega_2 + \omega_1)t + \frac{1}{4} a_3 A^3 \cos(3\omega_1 t) + \frac{1}{4} a_3 A^3 \cos(3\omega_2 t) \\ &+ \frac{3}{4} a_3 A^3 \cos(2\omega_1 - \omega_2)t + \frac{3}{4} a_3 A^3 \cos(2\omega_1 + \omega_2)t + \frac{3}{4} a_3 A^3 \cos(2\omega_2 - \omega_1)t \\ &+ \frac{3}{4} a_3 A^3 \cos(2\omega_2 + \omega_1)t + \cdots \end{aligned} \tag{5.5}$$

由式（5.5）可以看出，输出信号中不仅包括期望的基波分量（ω_1，ω_2），还包括谐波分量（$2\omega_1$，$2\omega_2$，$3\omega_1$，$3\omega_2$，$\cdots$）和混频分量（$\omega_1 \pm \omega_2$，$2\omega_1 \pm \omega_2$，$2\omega_2 \pm \omega_1$，$\cdots$）等。图 5.2a 和图 5.2b 分别表示出了单频信号和双频信号激励时系统的频率响应。显然，当双频信号激励时，由于互调而产生的混频会导致信号的失真。更严重的是，由于三阶互调频率点（$2\omega_1 - \omega_2$，$2\omega_2 - \omega_1$）会非常接近基波分量（ω_1，ω_2），通常意义上的带通滤波器是不能抑制它们的，如图 5.2b 所示，所以电路设计中要重点考虑由三阶互调引起的失真。当然，在宽带系统中，二阶互调频率分量也会位于工作频段的附近，此时，三阶互调（$2\omega_1 - \omega_2$，$2\omega_2 - \omega_1$）和二阶互调（$\omega_1 \pm \omega_2$）都会导致该系统的非线性失真，因此两者都要考虑。

谐波失真 HD 是指输出的 n 阶谐波分量 y_n 的幅值和基波分量 y_1 的幅值之比，即

$$HD_n = \frac{y_n}{y_1} \tag{5.6}$$

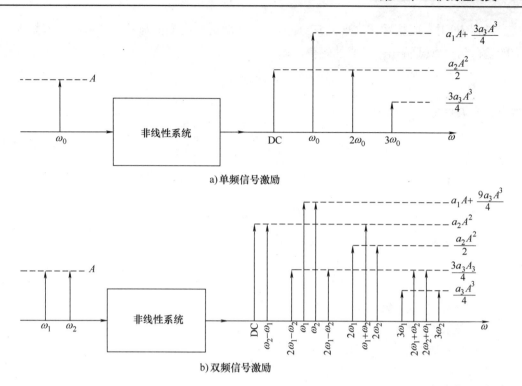

图 5.2 非线性系统的频率响应

总的谐波失真（Total Harmonic Distortion，THD）是各次谐波分量功率之和的均值与基波分量功率的比值，即

$$THD = \frac{\sqrt{\sum_{n=2}^{m}|y_n|^2}}{|y_1|} = \sqrt{\sum_{n=2}^{m}|HD_n|^2} \tag{5.7}$$

显然，谐波失真在模拟结构集成电路设计中是应该尽量避免的。例如，像 CD 播放器这种高质量的音频产品要求的 THD 约为 0.01%(-80dB)，视频产品约为 0.1%(-60dB)[11]。

压缩点 CP 用来表示由非线性失真引起的放大器的实际增益与小信号输入时所产生的线性增益的误差达到一定值时，所对应的输入（或输出）信号的幅度。其中，1dB(或 3dB)压缩点定义为当放大器的增益比其小信号增益低 1dB（或 3dB）时所对应的放大器的输入信号（或输出信号）的幅值。由式（5.4）可知，1dB 压缩点满足

$$a_1 A + \frac{9}{4}a_3 A^3 = 0.89 a_1 A \tag{5.8}$$

由式（5.8）计算出的 1dB 压缩点为

$$CP_{-1\text{dB}} = A_{-1\text{dB}} = \sqrt{0.11\left|\frac{a_1}{a_3}\right|} = 0.33\sqrt{\left|\frac{a_1}{a_3}\right|} \tag{5.9}$$

同理，3dB 压缩点为

$$CP_{-3\text{dB}} = A_{-3\text{dB}} = \sqrt{\frac{4}{3}\left(1-\frac{\sqrt{2}}{2}\right)\left|\frac{a_1}{a_3}\right|} \approx 0.625\sqrt{\left|\frac{a_1}{a_3}\right|} \tag{5.10}$$

交调点 IP 用来度量互调失真，IP_n 是指 n 阶互调信号的幅值与基波分量的幅值相等时所对应的输入信号（或输出信号）的幅值，即

$$a_1 A \approx \frac{3}{4} a_3 A^3 \qquad (假设 \quad a_1 \gg \frac{9}{4} a_3 A^3)$$

求得三阶交调点为

$$IP_3 = A_{IP3} = \sqrt{\frac{4}{3}\left|\frac{a_1}{a_3}\right|} = 1.15\sqrt{\left|\frac{a_1}{a_3}\right|} \tag{5.11}$$

同理，二阶交调点为

$$IP_2 = A_{IP2} = \left|\frac{a_1}{a_2}\right| \tag{5.12}$$

一个由 N 阶子系统组成的级联系统，其输入三阶交调点由下式确定：

$$\frac{1}{IIP} = \frac{1}{IIP_1} + \frac{G_1}{IIP_2} + \frac{G_1 G_2}{IIP_3} + \cdots + \frac{G_1 G_2 \cdots G_n}{IIP_N} \tag{5.13}$$

IIP_i 为第 i 级的输入三阶交调点；G_i 为第 i 级的增益。

图 5.3 所示为测量谐波失真、压缩点和交调点的示意图，也可以方便地用来计算这些参数。简单起见，假设双频激励时两个频率分量的幅值相等。对于给定的输入功率 P_{in}，若测量出的输出基波功率为 $P_{\omega1, \omega2}$，二阶和三阶互调功率分量分别为 P_{IM2} 和 P_{IM3}，则其输入三阶交调点 IIP_3 为

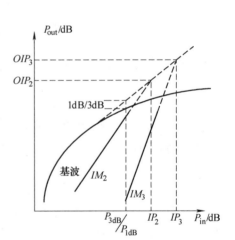

$$IIP_3\big|_{dBm} = \frac{(P_{\omega_1, \omega_2} - P_{IM3})}{2}\bigg|_{dB} + P_{in}\big|_{dBm} = \frac{\Delta P_3}{2}\bigg|_{dB} + P_{in}\big|_{dBm}$$
$$\tag{5.14}$$

其输入二阶交调点 IIP_2 为

$$IIP_2\big|_{dBm} = (P_{\omega1, \omega2} - P_{IM2})\big|_{dB} + P_{in}\big|_{dBm} = \Delta P_2\big|_{dB} + P_{in}\big|_{dBm}$$
$$\tag{5.15}$$

图 5.3 非线性失真的测量

输出交调点与输入交调点之差为功率增益 G，即

$$OIP_3 - IIP_3 = G \tag{5.16}$$

此外，三阶输出交调点和输出 $-1dB$ 压缩点之间的关系近似为

$$P_{-1dB}\big|_{out} \approx OIP_3 - 9.6dB \tag{5.17}$$

【例 5.1】 一个由双频信号激励的非线性系统的有关参数的测量结果如图 5.4 所示。已知双频信号（其频率分别为 1 GHz 和 1.1 GHz）的输入功率 P_{in} 是 -50dBm，功率增益 G 是 20dB。试估算该系统的交调点 IIP_3 和 IIP_2、总谐波失真 THD 和 1dB 压缩点 P_{-1dB}。

【解】 若忽略二次以上谐波时，其

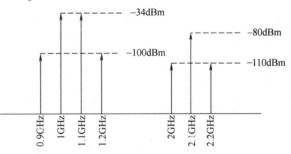

图 5.4 双频信号激励系统的频率响应

总谐波失真为

$$THD \approx (-110)\text{dB} - (-34)\text{dB} = -76\text{dB}$$

输入三阶交调点

$$IIP_3 = \frac{\Delta P_3}{2} + P_{\text{in}} = \frac{(-34) - (-100)}{2}\text{dBm} + (-50)\text{dBm} = -17\text{dBm}$$

输入二阶交调点

$$IIP_2 = \Delta P_2 + P_{\text{in}} = (-34)\text{dBm} - (-80)\text{dBm} + (-50)\text{dBm} = -4\text{dBm}$$

输出三阶交调点

$$OIP_3 = IIP_3 + G = -17\text{dBm} + 20\text{dB} = +3\text{dBm}$$

1dB 压缩点

$$P_{-1\text{dB}} = OIP_3 - 9.6\text{dB} = 3\text{dBm} - 9.6\text{dB} = -6.6\text{dBm}$$

5.3　非线性失真的优化

电路设计中常采用以下方法来减小或优化非线性失真。首先，可以根据非线性失真的起因采取相应的方法加以抑制，例如，通过设置合适的静态工作点来防止截止失真；通过负载线法确定最大输出电压（或最大输出电流)的摆幅，从而设置合适的静态工作点来避免饱和失真；通过合理安排设计顺序，选择恰当的放大管的类型，选择适当的电路拓扑结构，以及采用 Translinear 电路等方法来改善弱失真等。其次，可以采用一些典型的线性化技术，例如前馈、反馈、失真预校正和失真后校正等方法对非线性失真加以优化。

截止失真可以简单地通过对有源器件设置适当的工作点来解决。设偏置信号 X_Q 与输入信号 $x(t)$ 相叠加，经过非线性系统到达输出端。在输出端去除偏置信号 Y_Q，从而得到输出信号 $y(t)$，如图 5.5 所示。偏置信号的叠加和删减会使信号在所期望的原点邻域处传输。

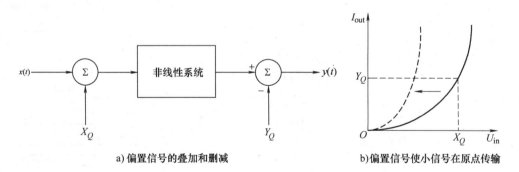

a) 偏置信号的叠加和删减　　　　b)偏置信号使小信号在原点传输

图 5.5　带有偏置的非线性系统

饱和失真是由大信号所引起的非线性失真，也可以通过设置合适的工作点加以改善。最佳的工作点可以根据最大输出电压（或最大输出电流)的摆幅结合直流负载线来确定。首先，必须检测出输出级的峰值电压和峰值电流。对于电压放大器或跨阻放大器峰值电压是给定的，因此必须确定峰值电流。对负反馈放大器而言，放大器的负载(Z_L)和反馈网络(Z_f)与输出端并联，如图 5.6a 所示。因此，其峰值电流为

$$I_{\text{peak}} = \frac{U_{\text{peak}}}{Z_{\text{f}} /\!/ Z_{\text{L}}} \tag{5.18}$$

需要明确的是，反馈网络 Z_{f} 的输入阻抗必须比负载阻抗 Z_{L} 大，以减小 Z_{f} 对负载的影响。对于电流放大器或跨导放大器，峰值电流是给定的，则其峰值电压为

$$U_{\text{peak}} = I_{\text{peak}}(Z_{\text{f}} + Z_{\text{L}}) \tag{5.19}$$

此时放大器的一个输出端与负载 Z_{L} 相连，另一个与反馈网络 Z_{f} 相连，如图 5.6b 所示。式(5.19)表明，Z_{f} 应该比 Z_{L} 小，理由同上。注意到，为了完全防止饱和失真，根据峰值电压或峰值电流确定的偏置电压或电流应留有足够的裕量（Margin）。实际应用中，裕量取大于确定值的1.5 倍。例如，对于 1mA 的峰值电流，偏置电流应该选择在 1.5mA 左右。另外，功率带宽（Power Bandwidth）的信息提供了另外一种在最极端的条件下确定峰值电压和峰值电流的方法，即**最大的信号摆幅出现在功率带宽处**。

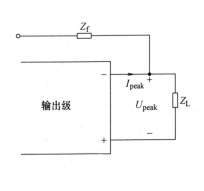

a) 峰值电流的检测

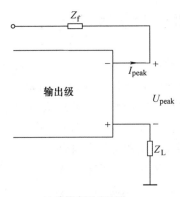

b) 峰值电压的检测

图 5.6　峰值检测

负载线法（Load-line Method）是确定工作点非常有用的方法，即工作点可以由绘制在有源器件的输出或转移特性曲线上的直流（或交流）负载线与峰值电压（电流）和电源电压等信息来确定，如图 5.7 所示。实际应用中，在非输出级出现截止失真的可能性也应用上述方法加以判断。

弱失真或小信号的非线性问题，可以采取以下措施加以改善。优化弱失真的第一个方法是通过合理安排设计顺序来抑制弱失真。例如，具有较高非线性的放大级应该尽可能地被放在放大器的输入端，由于此时信号幅度较小，因此失真较弱。而具有较高增益的放大级应该尽可能地放在放大器的输出端，由于此时信号幅度较大，因此失真明显。

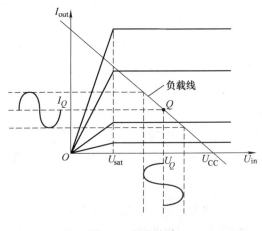

图 5.7　负载线法

优化弱失真的第二个方法是选择合适的 BJT 或 FET。采用何种放大管以及该放大级中何种弱失真（β 失真和 g_{m} 失真）占主导地位是设计中要着重考虑的两个因素。与电压驱动级相

比，电流驱动级的失真较小，所以优先选择电流驱动级或采用 BJT，因而 β 失真占主导。而电压驱动级中 g_m 失真占主导，因此该级既可以由 BJT 也可以由 FET 综合。另外，β 失真和 g_m 失真都能通过增加偏置电流或环路增益来加以抑制。

优化弱失真的第三个方法是通过选择适当的电路拓扑结构（如负反馈等）来抑制增益（或电路的偏置电流）与输入信号的相关度[21]。从式（3.1）可知，如果环路增益足够大，则全局负反馈放大器的信号传输函数（或增益）只取决于（线性）反馈。这时，增益和偏置电流均与输入信号无关。图 5.8 所示为一个典型的电流串联源极负反馈（或称之为源极退化）放大器。在图 5.8a 中，FET 的源极串联了一个线性电阻 R_s，其传输函数或增益为

$$A_v = \frac{u_{out}}{u_{in}} = -\frac{g_m R_D}{1 + g_m R_s} \tag{5.20}$$

由式（5.20）可以得出如下结论：当 $g_m R_s$（$g_m R_s > 1$）较大时，A_v 近似等于 $-\frac{R_D}{R_s}$，其与偏置电流无关，因而是高度线性的。然而，在实际设计中很难实现较大的 $g_m R_s$。这样，阻性退化结构就存在线性、噪声、功耗和增益之间的性能折中。此外，还可以采用感性退化结构（见图 5.8b）或工作在深线性区的 FET（见图 5.8c）退化结构[17]。感性退化结构适用于窄带放大器，以减小增益为代价改善线性、噪声和阻抗匹配性能[22]。如果工作在深线性区的 FET 的漏—源极电压 U_{GS} 是常数，其 I_D—U_{GS} 特性就是线性的。

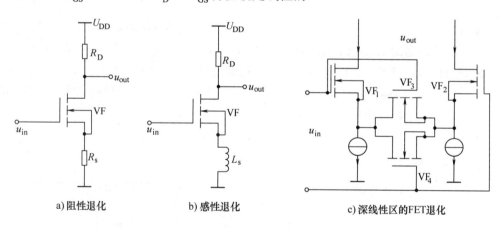

a) 阻性退化　　　　　b) 感性退化　　　　　c) 深线性区的FET退化

图 5.8　源极负反馈放大器

应当指出，电路中由非线性电容 C_μ / C_{gd} 引起的失真可通过 Cascode 或 Long-tail 结构来抑制。C_μ 的影响如图 5.9 所示。图 5.9a 中，存在由 C_μ 所引起的输出信号与输入信号之间的非线性。图 5.9b 和 c 中，由于电压增益小，$C_{\mu 1}$ 的非线性反馈被 VT$_2$ 抑制。而 $C_{\mu 2}$ 不是反馈元件，对线性度没有影响。

优化弱失真或小信号非线性的第四个方法是采用 Translinear 电路（关于 Translinear 电路，请参阅参考文献[58][59]）。Translinear 电路是基于这样的原理：BJT 的跨导 g_m 与它的集电极电流 i_C 呈线性关系。从式（5.1）可得

$$g_m = \frac{\partial i_C}{\partial u_{BE}} \approx \frac{I_C}{U_T} \tag{5.21}$$

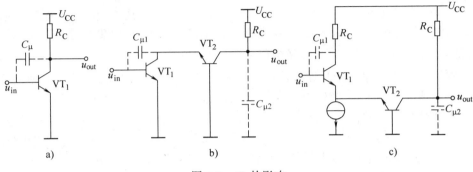

图 5.9 C_μ 的影响

例如，图 5.10a 所示是一种典型的 Translinear 电路，常用于抑制偶次谐波失真。其输入—输出电压特性为

$$u_{\text{out}} = R_C I_E \tanh\left(\frac{u_{\text{in}}}{2U_T}\right) \qquad (5.22)$$

按泰勒级数展开后，有

$$u_{\text{out}} = a_1 u_{\text{in}} + a_3 u_{\text{in}}^3 + \cdots \qquad (5.23)$$

式中，$a_1 = \dfrac{I_E R_C}{2U_T}$，$a_2 = 0$，$a_3 = -\dfrac{I_E R_C}{4U_T^3}$，$\cdots$。当 i 为偶数时，a_i 为 0，结果只保留奇次谐波，因而部分谐波被抑制。但要注意，由于 a_3 为负，因此会发生增益的衰减。Translinear 电路的另一个例子就是著名的 Gilbert-cell，如图 5.10b 所示。该电路包含多个 tanh 函数对，是一个线性非常好的模拟乘法器。Gilbert-cell 广泛应用在通信系统中用来设计混频器。由于工作于弱反型层（Weak Inversion）的 FET 的栅—源极电压和电流之间也是指数关系，此时 FET 也适合用来设计 Translinear 电路。

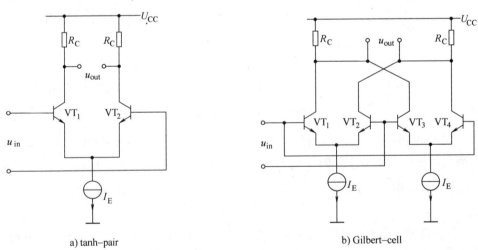

图 5.10 Translinear 电路

此外，一些典型的线性化技术，比如前馈、反馈、失真预校正和失真后校正等，是常用的直接处理有源器件非线性失真的方法。以失真后校正为例，图 5.11 所示为一个线性电压放

大器，该电压放大器可看做是由一个电压—电流转换器和一个电流—电压转换器组成的。图 5.11a 是一个具有非线性 U—I 特性的差分对。图 5.11b 是一个二极管连接的具有非线性 I—U 特性的有源负载。图 5.11c 是具有线性输入—输出特性的电路[60]。如果两个转换器都是非线性的，则第二个转换器可以用来校正由第一个转换器所引入的非线性。参考文献[60]中指出，图 5.11c 中的电压增益仅与器件的尺寸有关，而与晶体管的偏置电流无关。

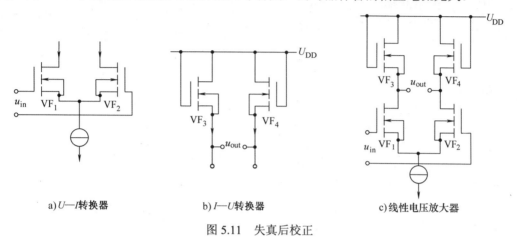

a) U—I 转换器　　　　　　b) I—U 转换器　　　　　　c) 线性电压放大器

图 5.11　失真后校正

【例 5.2】　图 5.12 所示为跨阻放大器。假设放大器各级之间是直接耦合的，其最大输出电压的有效值是 0.1V。已知放大器的功率带宽是 1MHz。图中 $C_f = 1$nF，$R_L = 1$kΩ。试以提高线性度为目的设计该放大器输出级的静态工作点，并确定 R_E 的值和 VT 的基极电压 U_B。

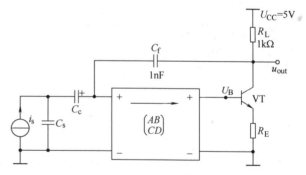

图 5.12　跨阻放大器

【设计】　要获得最大的线性度，就要在放大器的输出级避免出现饱和失真。由饱和失真产生的条件可以确定输出级正确的工作点。设计的思路是首先用功率带宽确定输出电流的最大值，进而确定 $I_{C(Q)}$。接下来用负载线法确定 $U_{CE(Q)}$。如果已知 $I_{C(Q)}$ 和 $U_{CE(Q)}$，就可以计算出 R_E 的值和 VT 的基极电压 U_B。

由于最大的信号摆幅出现在功率带宽处，即频率为 1MHz 时输出电流信号的幅度最大，此时的输出阻抗最小。放大器的输出阻抗为

$$Z_O = \frac{R_L}{1 + sC_f R_L}$$

可见，在低频时 R_L 占主导，而在高频时 C_f 占主导。则最小输出阻抗为

$$Z_{O,min} = \frac{1}{2\pi \times 1\text{nF} \times 1\text{MHz}} \approx 150\Omega$$

由此求得的最大输出电流为

$$I_{O,max} = I_{C(Q)} = \frac{U_{peak}}{Z_{O,min}} = \frac{0.1\text{V} \times \sqrt{2}}{150\Omega} \approx 1\text{mA}$$

　　考虑到必需的裕量,输出级的集电极电流选为 1.5mA。假设此时对应的 $U_{BE(Q)} = 0.84V$ 。接下来确定 VT C—E 上的压降。由于各级是直接耦合且输出级的信号摆幅已知,可以用负载线法确定 $U_{CE(Q)}$ 和 R_E 的值,如图 5.13 所示。

　　图 5.13 中,最大的电压摆幅是从 $U_{CE(sat)}$ 到 U_{CC} ,所以

$$U_{CE(Q)} = \frac{U_{CC} - U_{CE(sat)}}{2} = \frac{5V - 0.3V}{2} = 2.4V$$

则

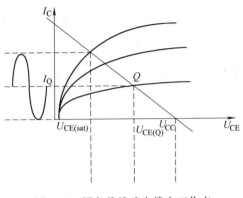

图 5.13　用负载线确定静态工作点

$$R_E = \frac{U_{CC} - U_{CE(Q)}}{I_{C(Q)}} - R_L = \frac{5V - 2.4V}{1.5mA} - 1k\Omega = 0.73k\Omega$$

　　因此,输出级 VT 基极的直流电压为

$$U_B = I_{C(Q)}R_E + U_{BE(Q)} = 1.5mA \times 0.73k\Omega + 0.84V = 1.94V$$

第6章 带宽估计

遵循模拟结构集成电路设计流程，完成 Nullor 输入级的设计（优化噪声）以及 Nullor 输出级的设计（优化失真）之后，接下来应当考虑的就是系统的频率响应。频率响应包括绝对频率响应（如振幅、相位、带宽等）和相对频率响应（频率补偿）。由于带宽是表征系统频率响应的重要参数，本章将讨论一些电路设计者感兴趣的估计带宽的方法，并在此基础上，提出相应的扩展带宽的方案。

6.1 带宽

带宽定义为当系统传输函数的幅度下降至其中频带（此时系统的传输函数与电容或电感无关，即与频率无关）幅度的 $\sqrt{2}/2$（或者说比中频带幅度低 3dB）时所对应的频率范围，即系统的上限截止频率与下限截止频率之差 $\omega_{b\omega}$，如图 6.1 所示，通常也称为 -3dB 带宽。

例如，一个调谐系统的谐振频率为 ω_0，若其品质因数为 Q，则该系统的传输函数由下式给出：

$$H(s) = \frac{H_0}{1 + j\xi}$$

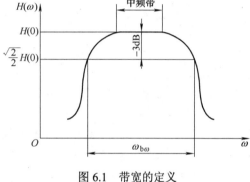

图 6.1 带宽的定义

这里 $\xi = Q\dfrac{2\Delta\omega}{\omega_0}$，为广义失谐。根据带宽定义，令

$$\frac{1}{\sqrt{1+\xi^2}} = \frac{1}{\sqrt{2}}$$

可得

$$\omega_{b\omega} = \frac{\omega_0}{Q} \tag{6.1}$$

可见，该调谐系统的带宽与谐振频率 ω_0 成正比，与品质因数 Q 成反比。对于给定谐振频率的系统，品质因数 Q 越大，选择性越好。相反，Q 值越小，则带宽越大。

一个简单的估计带宽的方法就是测量上升时间，即系统的阶跃响应从其终值的10%上升到90%时所消耗的时间。这可以用一个 RC 低通滤波器来模拟，如图 6.2 所示。

知道上升时间 t_r，则可以用下式来计算带宽 $\omega_{b\omega}$：

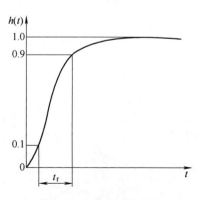

图 6.2 上升时间的定义

$$\omega_{b\omega} = \frac{2.2}{t_r} \qquad\qquad (6.2)$$

可见，带宽和上升时间的乘积是一个常数（$\ln(0.9/0.1) = 2.2$），即二者成反比关系。因此，一个具有较大带宽的系统具有一个较小的上升时间。遗憾的是，这种方法只能在电路设计完成之后（而不适合在设计的前期阶段）测量带宽。

在宽带系统的设计中，如果在设计的初始阶段采用一些估计带宽的方法来预测该电路的带宽，将会极大地提高一次性设计成功的概率。下面介绍几个常用的估计带宽的方法。

6.2 估计带宽的方法

常用的估计带宽的方法有系统传输函数法、开路—短路法、开路时间常数和短路时间常数法，以及环路增益与其极点的乘积法等。系统传输函数法适合于系统传输函数的极点和零点很容易确定的情形。开路—短路法、开路时间常数和短路时间常数法适合于系统传输函数的极点和零点不易被确定的系统。而环路增益与其极点的乘积法只适合于具有全局负反馈的系统。

6.2.1 系统函数法

已知，一个系统的频率响应可以根据其传输函数（Signal Transfer Function）的极点和零点来确定，如果能从传输函数中确定上限截止频率和下限截止频率，则带宽就可以确定。假设系统的传输函数 $H(s)$ 由下式给出：

$$H(s) = \frac{k_1(s + Z_n)(s + Z_{n-1})\cdots(s + Z_1)}{(s + P_n)(s + P_{n-1})\cdots(s + P_1)} = k_1 \prod_{i=1}^{n} \frac{(s + Z_i)}{(s + P_i)} \qquad\qquad (6.3)$$

式中，k_1 为常数；Z_i 和 P_i 分别是系统的零点和极点。

1. 下限截止频率的估计

如果式（6.3）满足

$$P_1 \gg P_2, P_3, \cdots, P_n \qquad\qquad (6.4)$$

则下限截止频率 ω_L 近似为

$$\omega_L \approx P_1 \qquad\qquad (6.5)$$

此时 P_1 为主极点，且最靠近中频带。其他极点与 P_1 相距较远。但是如果低频响应不满足式（6.4）的条件，或者说有几个极点非常接近时，则下限截止频率不能由式（6.5）给出。此时，若假设单极点系统的频率响应为

$$H(s) = \frac{j\dfrac{\omega}{\omega_L}}{1 + j\dfrac{\omega}{\omega_L}} \qquad\qquad (6.6)$$

则

$$|H(s)| = \frac{\dfrac{\omega}{\omega_L}}{\sqrt{1 + \left(\dfrac{\omega}{\omega_L}\right)^2}} \qquad\qquad (6.7)$$

那么，多级系统的幅频响应为（假设有 k 个极点非常接近）

$$|H(s)| = \prod_{i=1}^{k} k_1 \frac{\dfrac{\omega}{\omega_{Li}}}{\sqrt{1 + \left(\dfrac{\omega}{\omega_{Li}}\right)^2}} = \prod_{i=1}^{k} \frac{k_1}{\sqrt{1 + \left(\dfrac{\omega_{Li}}{\omega}\right)^2}} \qquad (6.8)$$

当 $\omega = \omega_L$ 时，令

$$\prod_{i=1}^{k} \frac{1}{\sqrt{1 + \left(\omega_{Li}/\omega\right)^2}} = \frac{\sqrt{2}}{2}$$

可得

$$\omega_L = \sqrt{\sum_{i=1}^{k} \omega_{Li}^2} \qquad (6.9)$$

加上修正系数，得

$$\omega_L \approx 1.1 \sqrt{\sum_{i=1}^{k} \omega_{Li}^2} \qquad (6.10)$$

例如一个三级放大器，若每级的 ω_{L1} 相同，则其下限截止频率为

$$\omega_L = 1.1 \sqrt{3\omega_{L1}^2} = 1.9 \omega_{L1}$$

可见，当多极点系统的几个极点非常靠近且其大小与单极点系统的极点相同时，多极点系统的下限截止频率高于单极点系统的下限截止频率。

2．上限截止频率的估计

如果式（6.3）满足

$$P_1 \ll P_2, P_3, \cdots, P_n \qquad (6.11)$$

则上限截止频率 ω_H 近似为

$$\omega_H \approx P_1 \qquad (6.12)$$

此时 P_1 与其他极点相距较远，且最靠近中频带，为主极点。如果高频响应不满足式（6.11）的条件，或者说有几个极点非常靠近时，则上限截止频率不能由式（6.12）给出。此时，多极点系统的幅频响应为（假定有 k 个极点非常靠近）

$$|H(s)| = \prod_{i=1}^{k} \frac{k_1}{\sqrt{1 + \left(\dfrac{\omega}{\omega_{Hi}}\right)^2}} \qquad (6.13)$$

当 $\omega = \omega_H$ 时，令

$$\prod_{i=1}^{k} \frac{1}{\sqrt{1 + \left(\omega/\omega_{Hi}\right)^2}} = \frac{\sqrt{2}}{2} \qquad (6.14)$$

则

$$\frac{1}{\omega_H} \approx \sqrt{\frac{1}{\omega_{H1}^2} + \frac{1}{\omega_{H2}^2} + \cdots + \frac{1}{\omega_{Hk}^2}} \qquad (6.15)$$

例如有一个三级放大器，其各级的截止频率相同，均为 ω_{H1}，则 $\omega_H = 0.52\omega_{H1}$。可见，当

多极点系统的几个极点非常靠近且其大小与单极点系统的极点相同时，多极点系统的上限截止频率低于单极点系统的上限截止频率。

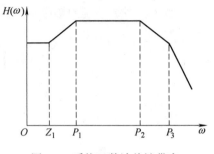

在确定了下限截止频率 ω_L 和上限截止频率 ω_H 后，该系统的带宽由（ω_L，ω_H）给出。例如，如图 6.3 所示，在低频段，系统的传输函数 $H(s)$ 包含一个零点 Z_1 和一个极点 P_1；在高频段，$H(s)$ 包含两个极点 P_2 和 P_3。显然，该系统的带宽由（P_1, P_2）确定。为获得足够的带宽，应恰当选取电路中相关元件的值以获得较低的 P_1 和较高的 P_2。

图 6.3　系统函数法估计带宽

6.2.2　开路—短路法

当电路中出现较多的电容和电感时，推导系统的传输函数及其零极点将会极其繁琐和耗时，所以在分析电路时有必要进行适当的化简以降低估计带宽的复杂度，同时尽量保证其准确性，这时可以采用开路—短路法（Open-short-circuit Method）来估计带宽。开路—短路法的基本思想是：在低频段，当一些小电容或寄生电容的容值比电路中的其他电容（如耦合电容和旁路电容）至少小一个数量级时，可以将其当做开路来处理；而当一些小电感的电感量比电路中其他一些电感至少小一个数量级时，可以将其当做短路处理，这样在低频段只需要考虑那些相对较大的电容和电感。同理，在高频段，大电容可以看做是短路的而大电感看做是开路的，所以，在高频段应当只考虑小电容和小电感的影响[8]。在以上的假设条件下，推导出系统函数后，再根据前节所讲的系统函数法，就可确定该系统的带宽。

【例6.1】　图6.4所示为带变压器反馈的双反馈环功率—电流放大器（Transformer Feedback Power-to-current Amplifier），这里表示为 TF-PI。图 6.4a 中采用的是理想的变压器，图 6.4b 中用两个耦合的电感来实现一个物理变压器。试估计这个放大器的带宽。

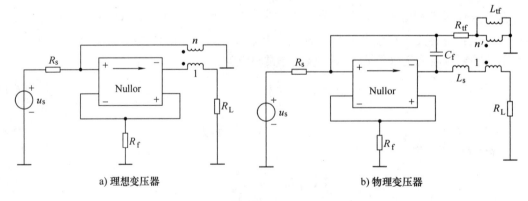

a) 理想变压器　　　　　　　　　　　b) 物理变压器

图 6.4　TF-PI

【解】　在用 Nullor 和理想变压器实现 TF-PI 放大器时，其传输函数为

$$H(s) = \frac{i_o(s)}{V_i(s)} = \frac{n}{2R_s}$$

可以看出传输函数与频率无关。所以，用理想变压器和 Nullor 实现的 TF-PI 的带宽是无穷大。就物理变压器而言，要着重考虑其损耗、泄漏和寄生等非理想因素。在图 6.4b 中，L_{tf} 和 L_s 分别是变压器一次绕组和二次绕组的漏电感，C_f 是两个耦合绕组间的耦合电容。其中，L_s 和 C_f 的值比较小。因此，该例中应采用"开路—短路法"确定 TF-PI 的带宽。在低频段，C_f 可以看做是开路的，而 L_s 可以看做是短路的。需要指出 L_{tf} 只是用来模拟一次绕组的漏电感，实际中没有反馈电流流过。这时 TF-PI 的传输函数为

$$H(s) = \frac{n'(R_{tf} + sL_{tf})}{R_s[R_s + 2(R_{tf} + sL_{tf})]}$$

它包括一个在 $n_L = -\dfrac{R_{tf}}{L_{tf}}$ 处的零点和一个在 $P_L = -\dfrac{R_s + 2R_{tf}}{2L_{tf}}$ 处的极点。在高频段，需要考虑 C_f 和 L_s 的作用，而 L_{tf} 可以看做是开路的。此时系统的传输函数为

$$H(s) = \frac{n'(1 + s^2 C_f L_s)}{R_s[2 + (n'+2)s^2 C_f L_s]}$$

则在 $n_H^2 = -\dfrac{1}{C_f L_s}$ 处有两个复数的零点以及在

$P_H^2 = -\dfrac{2}{n'+2}\dfrac{1}{C_f L_s}$ 处有两个复数的极点。图 6.5
所示为 TF-PI 放大器的频率特性。显然，TF-PI
的带宽为 $[P_L, P_H]$。可以看出，绕组损耗 R_{tf} 和
泄漏 L_{tf} 主导 TF-PI 的低频特性，而寄生电容
C_f 主导 TF-PI 的高频特性。所以要想扩展带
宽，就需要高品质因数（即较低的 R_{tf} 以及较
大的 L_{tf}）以及小尺寸（较低的 C_f 和 L_s）的物理变压器。

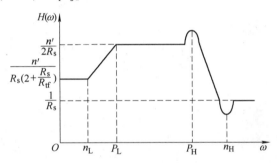

图 6.5　TF-PI 的频率特性

6.2.3　开路时间常数和短路时间常数法

开路时间常数（Open-circuit Time Constant，OCTC）和短路时间常数（Short-circuit Time Constant，SCTC）是另一种估计上、下限截止频率的方法[11,12,24]。其中，OCTC 用来估计上限截止频率，而 SCTC 用来估计下限截止频率。

OCTC 法最早是由美国麻省理工学院（MIT）在 1960 年提出的。其基本思想是假设一个系统的上限截止频率简单地由传输函数分母的一次项确定，即假设在高频段，传输函数中只包含一阶极点而无零点。注意到式（6.3）分母的一次项实际上是所有极点之和，基于以上假设，式（6.3）可以简化为

$$H(s) \approx \frac{k_1}{s + \sum\limits_{i=1}^{n} P_i} = \frac{k_1}{s + \dfrac{1}{\sum\limits_{i=1}^{n} \tau_i}} \tag{6.16}$$

式中，$\tau_i = 1/P_i$；P_i 表示第 i 个极点；而 τ_i 表示由第 i 个极点所确定的时间常数。

式（6.16）表明，系统的上限截止频率受限于 n 个时间常数之和，因而其上限截止频率可以表示为

$$\omega_H = \frac{1}{\sum_{i=1}^{n} \tau_i} = \frac{1}{\sum_{i=1}^{n} R_i C_i} \tag{6.17}$$

由式（6.17）给出的时间常数可以由以下方法确定：

1）首先将电路中的耦合电容及退耦（或旁路）电容短路，只考虑寄生电容或小电容；

2）在假设其他电容开路的情况下，计算与第 i 个电容 C_i 并联的等效电阻 R_i；

3）计算每一个电容所对应的时间常数 $\tau_i = R_i C_i$；

4）将所有时间常数相加得到总的时间常数，由总的时间常数的倒数所确定的频率即为系统的上限截止频率；

5）如果电路中有电感出现，在计算时间常数时将电感看做是短路的，但是在总的时间常数中要加上由电感所产生的时间常数（L/R）。

对于仅有一个主极点的系统，这种方法的准确性是很高的。式（6.17）也表明了提高上限截止频率的方法，即每一个时间常数都应足够小以获得较小的总的时间常数。当然，如果由 RC 所确定的时间常数过大，则要采取一些措施（比如在电路中增加一级电压跟随器或电流跟随器）以减小 R 或 C 的值。

SCTC 法的思想是假设系统中的零点和极点一样多，但是所有的零点都出现在原点，且式（6.3）的分母主要由高次项决定。这样系统的下限截止频率就由式（6.3）的高次项所确定。基于以上假设，式（6.3）可以近似的表示为

$$H(s) \approx \frac{k_1 s^n}{s^n + \sum_{i=1}^{n} P_i s^{n-1}} = \frac{k_1 s}{s + \sum_{i=1}^{n} P_i} \tag{6.18}$$

式（6.18）表明，下限截止频率由 n 个系统极点的总和确定，表示为

$$\omega_L = \sum_{i=1}^{n} P_i = \sum_{i=1}^{n} \frac{1}{R_i C_i} \tag{6.19}$$

由式（6.19）给出的时间常数可以用以下方法所确定：

1）首先将电路中的寄生电容或小电容开路，只考虑耦合电容及退耦（或旁路）电容（当然，若考虑寄生电容或小电容时，计算出的为非主极点）；

2）在假设其他电容都短路的情况下，计算与第 i 个电容并联的等效电阻 R_i；

3）计算每一个电容所对应的时间常数，从而得到与其对应的截止频率 $1/R_i C_i$；

4）将所有的截止频率相加得到总的下限截止频率；

5）如果电路中出现电感，在计算等效阻抗时可以将其看做是开路的，然后在总的截止频率中加上由 R/L 所产生的截止频率。

例如在确定某一个电路的下限截止频率时，可以将 BJT 或 FET 中所有的寄生电容看做是开路的而只考虑耦合与旁路电容。而 BJT 或 FET 的寄生电容只是用来估计该电路的非主极点。在宽频带系统中，要求主极点尽可能地小。如果在 SCTC 中由 RC 确定的时间常数太小，可以采取一些措施（比如增加耦合电容或退耦电容等）来增大时间常数。

【例 6.2】 图 6.6 所示为单级 CS 电压放大器。其中 VF 的相关小信号参数中，$C_{gs} = 6\text{pF}$，$C_{gd} = 6\text{pF}$，$g_m = 20\text{mS}$，$r_{ds} \gg 1\text{k}\Omega$。试估算这个放大器的带宽。

【解】　很明显，OCTC 和 SCTC 法非常适合分析这个电路的带宽。该放大器的上限截止频率可以用 OCTC 来确定，而其下限截止频率可以用 SCTC 确定。为此，需要先画出这个放大器的小信号等效电路以便于计算 OCTC 和 SCTC，如图 6.7 所示。确定上限截止频率时，应先将耦合电容 C_s 短路，分别计算由 C_{gs} 和 C_{gd} 引入的 OCTC。其中由 C_{gs} 引入的时间常数是

$$\tau_{gs1} = C_{gs}R_s = 6\text{pF} \times 50\Omega = 300\text{ps}$$

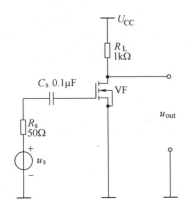

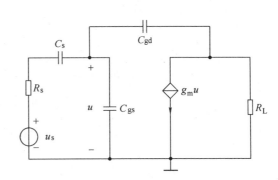

图 6.6　单级 CS 放大器　　　　　　　图 6.7　CS 放大器的小信号模型

由 C_{gd} 引入的时间常数是（参见参考文献[11]）

$$\tau_{gd1} = C_{gd}\left[R_s + \frac{1}{g_m}\!/\!/R_L + g_m R_s\left(\frac{1}{g_m}\!/\!/R_L\right)\right] = 6\text{pF} \times 150\Omega = 900\text{ps}$$

则总的时间常数为

$$\tau_{tot} = \tau_{gs1} + \tau_{gd1} = 1\,200\text{ps}$$

其对应于在 $P_1 = -833\text{M rad/s}$（或 $f_H = 133\text{MHz}$）处的上限截止频率。可见，C_{gs} 和 C_{gd} 都限制了放大器的带宽。接下用 SCTC 法来计算下限截止频率，此时只考虑耦合电容 C_s，而将所有的寄生电容开路，即

$$\tau_c = C_s R_s = 0.1\mu\text{F} \times 50\Omega = 5\mu\text{s}$$

则

$$P_2 = -\frac{1}{\tau_c} = -20\ \text{krad/s} \qquad （或 f_L = 3.2\ \text{kHz}）$$

因此，这个放大器的带宽是$[P_2, P_1]$或（3.2kHz，133MHz）。当然，若考虑寄生电容时，用 SCTC 法计算出的时间常数可以用来确定该电路的非主极点。例如，当将 C_{gs} 和 C_{gd} 考虑在内以计算 SCTC 时，可以确定该放大器的非主极点。首先将 C_{gd} 短路以便计算由 C_{gs} 引入的时间常数

$$\tau_{gs2} = C_{gs}(R_s\,/\!/\,1/g_m\,/\!/\,R_L) = 6\text{pF} \times 25\Omega = 150\text{ps}$$

其次将 C_{gs} 短路以计算由 C_{gd} 引入的时间常数

$$\tau_{gd2} = C_{gd}R_L = 6\text{pF} \times 1\text{k}\Omega = 6000\text{ps}$$

则该放大器的非主极点为

$$P_3 = -\left(\frac{1}{\tau_{gs2}} + \frac{1}{\tau_{gd2}}\right) = -\left(\frac{1}{150\text{ps}} + \frac{1}{6\,000\text{ps}}\right) = -66\text{ G rad/s} \quad（10.5\text{ GHz}）$$

6.2.4 环路增益与其极点的乘积法

1. 环路增益与其极点的乘积

当系统包含一个全局负反馈环时，一种更简单的估计带宽的方法就是环路增益与其极点的乘积（Loop-gain Pole Product，LP）法[21]。现假设由式（3.1）描述的系统由直流环路增益 $A\beta(0)$ 和 n 个环路增益的极点所构成，则其环路增益可以表示为

$$A\beta(s) = \frac{-A\beta(0)}{\left(1+\dfrac{s}{P_{L1}}\right)\left(1+\dfrac{s}{P_{L2}}\right)\cdots\left(1+\dfrac{s}{P_{Ln}}\right)} \tag{6.20}$$

将式（6.20）代入式（3.1）可得系统传输函数的特征多项式为

$$CP(s) = s^n + \cdots + [1 - A\beta(0)]\prod_{i=1}^{n}|P_{Li}| \tag{6.21}$$

式（6.21）中的 $[1 - A\beta(0)]\prod_{i=1}^{n}|P_{Li}|$ 项为环路增益与其极点的乘积（简言之就是 LP 乘积）。已知，对于 n 阶 Butterworth 系统，其极点位于 Butterworth 位置，即当左半复平面的 Butterworth 半圆被切割成 n 个相等的线段时，每个线段的中点就是系统的极点。若一个 Butterworth 系统的带宽为 $\omega_{b\omega}$，则 Butterworth 半圆的半径也等于 $\omega_{b\omega}$。因此 Butterworth 系统的特征多项式为

$$CP(s) = s^n + \cdots + \omega_{b\omega}^n \tag{6.22}$$

比较式（6.21）和式（6.22），得出

$$\omega_{b\omega} = \sqrt[n]{LP_n} = \sqrt[n]{\left|[1 - A\beta(0)]\prod_{i=1}^{n}P_{Li}\right|} \tag{6.23}$$

所以，一个系统的最大可达到的带宽（Maximum Attainable Bandwidth）可以由 LP 乘积来计算。理论上，任何负反馈系统的主极点都能够被放置到 Butterworth 位置。然而，并不是每个环路极点都是 LP 乘积中的主极点。因此，首先要判断哪些环路极点在计算 LP 乘积时可以当做主极点。判断主极点的方法是，当环路极点 P_{Li} 的总和大于系统极点 P_{si}（即系统传输函数所对应的极点）的总和时，则所有的环路极点都是主极点，即

$$\sum_{i=1}^{n}P_{Li} \geqslant \sum_{i=1}^{n}P_{si} \tag{6.24}$$

注意，这个条件是必要的，但不是充分的。如果环路极点的总和比系统极点的总和更负，则必须去掉最负的环路极点，将剩余的环路极点代入式（6.23）重新计算，重复这一步骤直到式（6.24）成立。当然，极端的情况是如果式（6.24）永远都不可能满足，就意味着频率补偿对改善系统的频率响应没有作用，必须采取一些特定的方法来增大 LP 乘积。

2. LP 乘积的计算

计算 LP 乘积，首先应推导出以频率为函数的环路增益方程，然后得到直流环路增益与环路增益的主极点。推导环路增益方程的具体步骤如下：

1）首先在电路中找到一个合适的位置来断开反馈环路。注意断开反馈环路的位置并不是任意选择的，其选取的原则是断开环路后应保持电路中各个节点的阻抗以及电路的拓扑结构都不改变。

2）将信息信号置零。

3）在环路断开处施加一个激励源，一般情况下，激励源是在紧接断点后边电路的适当位置施加的，作为环路的输入信号，而断点前边的电路即为环路的输出。

4）计算由外加的激励源所引起的增益，即环路增益。由于环路增益是无量纲的，所以要求在计算增益时将环路的输出信号转化成与外加激励源同性质的信号，如激励源为电流（电压），则环路的输出信号为电流（电压）。

例如，图 6.8 所示为具有双反馈环的放大器，其 Nullor 由三级 CE 放大器组成。简单起见，这里用简化的 BJT 的小信号模型来推导该系统的环路增益，如图 6.9 所示。显然，电路中最安全有效的断开环路的位置就是实现 Nullor 的 BJT。这是因为 BJT 可以看做是受电压控制的电流源。当受控电流源未被控制时，环路是断开的，而且不影响电路的拓扑结构。

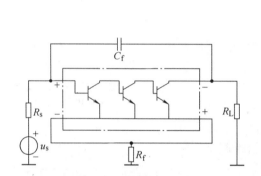

图 6.8 双反馈环放大器

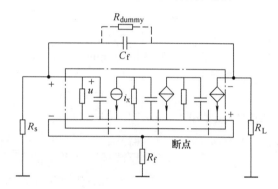

图 6.9 双反馈环放大器的小信号模型

在图 6.9 中，可假设第一个电流源是不受控制的（当然也可以假设第二个或第三个电流源是不受控制的），则该位置是断开环路的有效位置。接下来将源信号 u_s 置零。然后将原第一个（即断开环路处）受控电流源用一个电流信号 i_x 代替，这时就会在环路断开处的另一端产生一个电压 u（与施加的电流信号 i_x 相对应）。通过测量由 i_x 所引起的电压 u，则环路增益可由下式计算：

$$A\beta(s) = g_{m1}\frac{u}{i_x} \tag{6.25}$$

式（6.25）中，g_{m1} 是断开环路所在级的跨导，其作用是将电压 u 转化为电流。进一步推导后就可以发现，当 Nullor 由 n 级放大器实现时，其最大可以达到的带宽近似为

$$\omega_{b\omega} \approx \sqrt[n]{\alpha \prod_{i=1}^{n} \omega_{Ti}} \tag{6.26}$$

式（6.26）中的 ω_{Ti} 是第 i 级放大器的截止频率，α 是一个与电路相关（如信号源、负载、反馈网络等）的常数，并且 $\alpha \leqslant 1$。所以，BJT 的截止频率是带宽的上限。这里提醒读者注意以下一些特殊情况：

1）如果 Nullor 是由 FET 实现的，由于 FET 输入端的电流为零，则环路增益中会出现无

限大的直流环路增益。在这种情况下，需要先在 C_{gs} 上并联一个虚拟电阻（Dummy Resistor），然后再计算 LP 乘积。读者也许会担心虚拟电阻的引入可能会改变系统的 LP 乘积，实际上该电阻对 LP 乘积并没有任何贡献。

2）在某些情况下可能会出现环路零点在原点的情况，比如当反馈环路由纯电容构成时也会导致直流环路增益为零。一种可行的解决方法是在该电容上同样并联一个虚拟电阻（见图 6.9）；另外一种方法是将某一环路极点移至原点来抵消这个环路零点，这也可以通过频率补偿实现。

3）在 Nullor 的设计中要确保能够获得一个负的环路增益。在放大器的级数不能改变时，实现负的环路增益会变得比较困难。常用的解决方案是用长尾—电路（Long-tail）配置来代替放大器中的某一级，然而将 Long-tail 放置在放大器的输入级（或输出级）会引起电路的性能（如噪声、失真与功耗）折中。当然，读者也许会想，电压跟随器或电流跟随器也可以代替单级 CE/CS 用来实现负的环路增益，但是，电压跟随器或电流跟随器会降低电压或电流增益，进而降低环路增益，恶化噪声和失真性能，因此并不可取。

3. 提高 LP 乘积的方法

由于系统可以达到的最大带宽可以用 LP 乘积来估计，从而提供了一个最简单的判断电路的带宽是否能满足规格要求的方法。若最大可达到的带宽比期望的带宽小，则在考虑频率补偿前要增大 LP 乘积。从式（6.26）中可以看出，提高 LP 乘积至少有两种方法：第一种方法是提高 BJT 和 FET 的截止频率，例如，更大的偏置电流，或更高速的 BJT 和 FET，以及通过改变电路的拓扑结构，如在 Nullor 中采用差分对或达林顿（Darlington）等 f_T 倍增器等。第二种方法是增加放大器的级数。这可以通过在 Nullor 中简单地增加一级 CE/CS 来实现。当然此时应注意保证负的反馈环路增益。增加级放大器（截止频率为 $\omega_{T(n+1)}$）使得 LP 的乘积增大了 $\omega_{T(n+1)}$ 倍，而且系统的阶数也从 n 阶增大到 $n+1$ 阶。这时如果有 $\omega_{T(n+1)} > \omega_{Ti}$，则增加级会使系统的带宽提高。不过，对增加级也有一些限制条件，比如其偏置电流要能在获得足够大的截止频率的同时能够驱动下一级放大器。第一种方法的缺点是它会使噪声或失真增大，因为它破坏了正交的原则，而第二种方法的缺点是放大器级数的增加使得频率补偿变得更加困难。

【例 6.3】   图 6.10 所示为电压放大器，其有源放大部分的实现方式分别为：图 a，Nullor，图 b，单级共射放大，图 c，两级放大，且其第二级为 Long-tail 以获得负的环路增益。试估计该放大器的带宽。

【解】   图 6.10a 中，当 Nullor 存在时，系统传输函数为

$$H(s) = \frac{u_o(s)}{u_i(s)} = -\frac{R_f}{R_s}$$

由于其与频率无关因而带宽是无限大的。图 6.10b 中，当 Nullor 用单级共射放大实现时，由于电路中存在一个全局的负反馈环路，带宽的估算就很容易通过 LP 乘积得到。因此，需要画出其小信号等效电路，如图 6.11 所示。当受控电流源不受控时，环路被打断，然后在原受控电流源处施加一个电流信号 i_x，通过测量 u_1，从而计算出环路增益，即

$$A\beta(s) = \frac{u_1}{i_x} g_{m1} = -\frac{g_{m1} r_{\pi1} R_L R_s}{R_s r_{\pi1} + (R_L + R_f)(R_s + r_{\pi1}) + s R_s C_{\pi1} r_{\pi1} (R_L + R_f)}$$

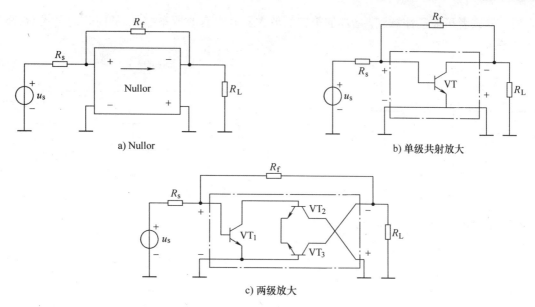

a) Nullor

b) 单级共射放大

c) 两级放大

图 6.10 电压放大器

则直流环路增益 $A\beta(0)$ 和环路极点分别为

$$A\beta(0) = -\frac{g_m r_{\pi 1} R_L R_s}{R_s r_{\pi 1} + (R_L + R_f)(R_s + r_{\pi 1})}$$

$$P_1 = -\frac{R_s r_{\pi 1} + (R_L + R_f)(R_s + r_{\pi 1})}{R_s C_{\pi 1} r_{\pi 1}(R_L + R_f)}$$

因此，带宽近似为

$$\omega_{b\omega} \approx A\beta(0)P_1 = \frac{R_L}{R_L + R_f}\frac{g_{m1}}{C_{\pi 1}} = \alpha \omega_{T1}$$

显然，该放大器的带宽受负载 R_L、反馈网络 R_f 和 BJT 的截止频率 ω_{T1} 的共同限制。图 6.12 所示为图 6.10c 的小信号等效电路，这里有两个位置可以断开回路（输入级或者输出级）。假设环路在输入级断开，输出级的小信号模型与单级 CE 相类似，但是其受控电流源的方向与单级 CE 相反。其直流环路增益和环路极点可以通过相同的方法找到

$$A\beta(0) = -\frac{g_{m1} r_{\pi 1} g_{m2} r_{\pi 2} R_L R_s}{R_s r_{\pi 1} + (R_L + R_f)(R_s + r_{\pi 1})}$$

$$P_1 = -\frac{R_s r_{\pi 1} + (R_L + R_f)(R_s + r_{\pi 1})}{R_s C_{\pi 1} r_{\pi 1}(R_L + R_f)} \qquad （与图 b 相同）$$

$$P_2 = -\frac{1}{C_{\pi 2} r_{\pi 2}} \qquad （新极点）$$

可以得到带宽

$$\omega_{b\omega} = \sqrt{\frac{R_L}{R_L + R_f}\omega_{T1}\omega_{T2}} = \sqrt{\alpha \omega_{T1}\omega_{T2}}$$

比较图 6.10b 和图 6.10c，显然，插入第二级放大器后，其 LP 乘积增大了其截止频率 ω_{T2} 倍，同时提高了系统的阶数。如果 $\omega_{T2} > \omega_{T1}$，则图 6.10c 的带宽要比图 6.10b 的带宽大。此

外，细心的读者可能已注意到，增加的第二级放大器并没有改变系数 α，从而验证了式（6.26）的一般性。

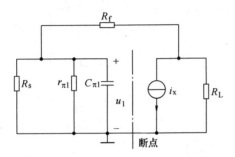

图 6.11　图 6.10b 的小信号等效电路

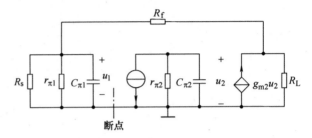

图 6.12　图 6.10c 的小信号等效电路

第 7 章　频 率 补 偿

如果电路的带宽可以达标，那么如何设计满足系统特定要求的频率响应呢？这是本章频率补偿将要讨论的内容。本章中，7.1 节简要说明频率补偿的目的；7.2 节讨论用于频率补偿的器件模型，以及在不同的场合中简化模型的有效性；7.3 节重点论述根轨迹频率补偿的 4 种方法，即极点分裂法、极点零点对消法、阻性扩频法和虚零点法。

7.1　频率补偿的目的

为什么要对电路进行频率补偿呢？这也许是很多读者最关心的问题，而且明白为什么要这样做通常要比如何去做来得重要。前面已经提到，频率补偿改变的只是系统的相对频率响应，它不应改变系统的绝对频率响应，所以频率补偿只是对系统频率响应的微调。通常在以下两种情况下需要对电路进行频率补偿：第一种情况是，电路本身是不稳定的（即电路有可能发生振荡），或者是有条件稳定的，这时需要对电路进行频率补偿以提高其稳定性，使得系统是无条件稳定的，或者至少在工作频段是（条件）稳定的；第二种情况是，要求系统获得某种特定的频率响应，比如传输函数的所有极点都位于 Butterworth 位置时，能在传输函数的上限截止频率处得到最平滑的频率响应。

具有全局负反馈网络的放大器中的频率补偿可以通过改变相位裕度或增益裕度来实现。

应当指出，频率补偿不可以破坏前面的设计（如噪声、失真和带宽等）。特别是在负反馈放大器设计中，由频率补偿而引起的对环路增益的影响应尽可能小。

7.2　频率补偿的模型及其有效性

频率补偿中不但涉及大量的计算，而且是一个反复试验以纠正设计偏差的繁琐过程。为简化频率补偿的设计，并使得频率补偿的过程更清晰，用于频率补偿的器件模型不仅要简单而且要相对精确。

下面以 BJT 为例来研究用于频率补偿的模型。第 2 章中图 2.4b 所示为 BJT 的混合 π 形模型。若驱动 BJT 的信号源内阻很高，则基区电阻 r_b 对传输函数的影响很小，可以忽略。当负载阻抗较小时，由于 BJT 的输出阻抗 r_o 相对较大，也可以忽略。根据 Miller 定理，跨接在 BJT 输入、输出端的电容 C_μ 可以被拆分成两个分别位于 BJT 输入端的电容 C_{M1} 和输出端的电容 C_{M2}（见图 1.9）。当负载阻抗较小时，C_{M1} 与 BJT 的输入端并联。当 $C_\pi \gg C_\mu$ 时，C_μ 在输入端的影响可忽略不计。而位于输出端的电容 C_{M2} 本身比较小，也可以忽略。除了对 BJT 输入输出阻抗的影响外，C_μ 还在右复平面引入了一个零点 Z_μ，大小为 g_m / C_μ。在这个频率下，输入端到输出端的传输函数为电压控制的电流源即 g_m 的传输函数，但是有一个 90° 的相差。总之，如果忽略 C_μ，则由它产生的零点也可忽略。通过以上讨论，可以得到简化的用于频率补偿的 BJT 模型，见图 2.4d。

用图 2.4d 所示的模型进行频率补偿后，需要对 BJT 模型中每个独立的参数进行检验，以确认补偿的有效性。检验的方法是在简化模型的基础上逐一引入 C_μ、r_0 和 r_b，并评估其影响。当 r_0 和 C_μ 的引入导致不可接受的影响时，说明负载阻抗不是足够小，此时可在其后引入一个电流跟随器（例如单级的 CB 或 CG），使负载阻抗变小。所以，较小的负载阻抗是忽略 C_μ 和 r_0 的前提。当 C_μ 相较于 C_π 不可以忽略时，需要在频率补偿的分析计算中用 $C_\pi + C_\mu$ 迭代 C_π。当 C_μ 在右复平面引入的零点不可以忽略时，有三种解决方案：第一，提高反偏的基集电压 U_{BC} 以减小 C_μ（C_μ 为结电容），使其产生的零点被搬移到高频处；第二，设计较大的偏置电流使 BJT 的 g_m 增大，零点也被搬移到高频，但由于 BJT 的极点也与 g_m 有关，这样频率补偿需要进一步修正；第三，在考虑右半复平面零点的情况下进行频率补偿。当 r_b 相较于 r_π 不可以忽略时，可以选用一个具有较小基区电阻的 BJT，或者同时并联几个 BJT 来减小 r_b。

与 BJT 类似，FET 频率补偿的模型见图 2.5d。同样，在完成频率补偿之后，需要逐一检验 C_{gd} 和 r_{ds} 的影响。虽然 FET 中没有栅极电阻（相当于基区电阻），然而，在 FET 电路中，管子之间通常由多晶硅相联，而多晶硅有较高的电阻率，因此 FET 的栅极也可能会串联几百欧的电阻。

总之，在频率补偿设计之前，要将每个 BJT 或 FET 用其简化的小信号模型代替，然后才能着手设计频率补偿。在完成频率补偿设计之后，要逐个检验简化的小信号模型中所未包含的参数的影响。

7.3　根轨迹频率补偿方法

根轨迹频率补偿是通过改变系统的特征多项式，把传输函数的零点和极点放在 s 复平面的适当位置，从而得到期望的系统频率响应。一般地，系统的特征多项式的表达式为

$$CP(s) = s^n - \sum_{i=1}^{n} p_i s^{n-1} + \cdots + LP \tag{7.1}$$

频率补偿等价于在不改变 LP 乘积的情况下，改变各 s 项的系数。以二阶系统的频率补偿为例，两极点系统通常被设计成 Butterworth 型，其特征多项式为

$$CP(s) = s^2 - s(p_1 + p_2) + \omega_n^2 \tag{7.2}$$

高阶系统的频率补偿也类似二阶系统，唯一不同的是需要的补偿网络的阶数会增多，如二阶系统的补偿只要一个补偿网络就可实现，而三阶系统至少需要两个补偿网络。注意，对于三阶或更高阶系统，由于增益较高，其根轨迹容易进入右半复平面，这会使系统不稳定，因此这些系统与二阶系统相比没有优势。

系统的极点可以从环路极点和直流环路增益中获得。有两种方法可以将系统极点移动到目标位置：一种是通过改变或影响根轨迹的起始点，如移动环路极点等；另一种是通过改变或影响根轨迹的形状，如在环路中增加零点等，如图 7.1 所示。

图 7.1a 所示为补偿前的根轨迹，系统极点有较高的品质因数 Q，两极点之和太大（注意极点都为负值），这时频率补偿是必需的。图 7.1b 所示为移动环路极点以改变根轨迹起点的频率补偿方式，极点分裂、极点零点对消和阻性扩频等方法常用来改变极点位置而又不减小

LP 乘积。图 7.1c 所示为通过增加零点以改变根轨迹形状来完成频率补偿。当然这里零点的引入不是随意的，如果该零点只是在反馈环路中引入的，则零点不会出现在系统的传输函数中。零点出现在环路中而不出现在系统中，这样的零点叫做虚零点[21]。虚零点是负反馈放大器中实现频率补偿的最有效的方法之一。下面逐一介绍这几种频率（Phantom Zero）补偿方法。

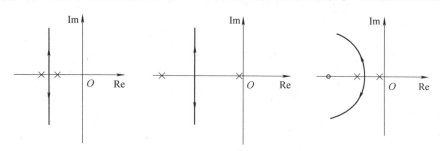

a) 补偿前的根轨迹　　　b) 移动环路极点以改变根轨迹起点　　　c) 增加零点以改变根轨迹形状

图 7.1　二阶系统的根轨迹

7.3.1　极点分裂法

极点分裂法是指采取某种措施使得环路的两个极点彼此远离。理想情况下，两极点的乘积应保持不变，即保持 LP 乘积不变，如图 7.2 所示。由于相互分离，两极点之和将会下降（注意极点为负值）。

极点分裂电路如图 7.3 所示。在未加 C_{split} 之前，在晶体管输入端和输出端的极点由下式给出：

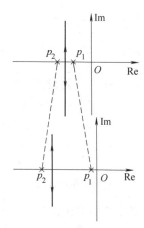

$$p_{in} = \frac{-1}{2\pi r_{\pi 1} C_{\pi 1}}, \quad p_{out} = \frac{-1}{2\pi r_{\pi 2} C_{\pi 2}} \qquad (7.3)$$

引入电容 C_{split} 后，由于密勒效应，在晶体管输入端的极点被搬移至较低频处。C_{split} 在晶体管输出端引入的是并联反馈，结果使得 BJT 的输出阻抗变小，并使 p_{out} 移至较高频处。当 LP 乘积不变时，p_{in} 和 p_{out} 以相同的因子被移到低频和高频，但 p_{out} 的向上搬移对于极点之和的减小起主导作用。

图 7.2　极点分裂原理

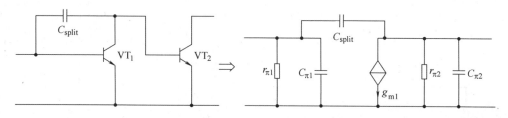

图 7.3　极点分裂电路

极点分裂法不仅对环路极点有影响，而且还会在环路中引入一个零点，这与 C_μ 的作用类似。引入 C_{split} 后，本级电路不再是单边的，这会导致系统潜在的不稳定。此时，零点的影响可通过将该电容单边化来消除，如用一个缓冲器与电容串联，这样电流只能从电容的一侧流到另一侧。一种更简单的方法是用一个电阻 R_{split} 与该电容串联，如图 7.4 所示。从而引入一个位于左半复平面的零点，其大小为

$$n = \frac{1}{2\pi C_{\text{split}}\left(\dfrac{1}{g_{m1}} - R_{\text{split}}\right)} \tag{7.4}$$

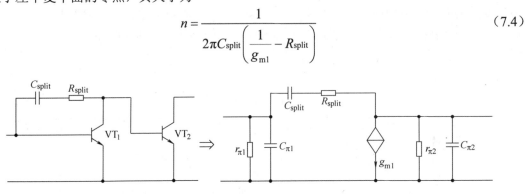

图 7.4　左半复平面零点的频率补偿

　　用简单的器件模型实现频率补偿之后，下一步是逐步引入 C_{μ}、r_{o} 和 r_{b} 并讨论其影响。当实施极点分裂后，可能出现的特殊情况是，由于分离电容 C_{split} 一般与 C_{μ} 或 C_{gd} 并联，当 C_{μ}（C_{gd}）大于 C_{split} 时，必然要求使用电流跟随器，以使本级电路单边化。一般情况下，引入 r_{o} 和基区电阻 r_{b} 后对极点分裂影响不大。

7.3.2　极点零点对消法

　　和极点分裂法一样，极点零点对消法也可以使两个极点分离，但前提是要求实现极点分离的所在级是单边的。如图 7.5 所示，引入补偿网络后，极点 p_1 被移到较低频率处。在高频处，补偿网络会额外引入一个零点 n 和一个极点 p_3。如果设计恰当，该零点有可能与补偿前的极点 p_2 对消。而极点 p_3 位于更高频率处，为非主极点。图 7.6 给出了一个实现极点零点对消的比较直接的方法，即在任一放大级的输入端引入一个由 R_{pz} 和 C_{pz} 串联组成的补偿网络。在未引入极点零点对消网络前，该电路的极点是

$$p_1 = \frac{-1}{2pr_{\pi1}C_{\pi1}}, \qquad p_2 = \frac{-1}{2\pi r_{\pi2}C_{\pi2}} \tag{7.5}$$

图 7.5　极点零点对消原理

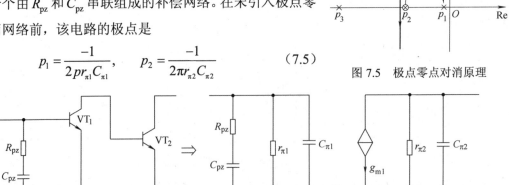

图 7.6　极点零点对消电路

引入极点零点对消网络后，在低频处，补偿网络中的电容起主导作用，极点 p_1 被移到

$$P_1' = \frac{-1}{2\pi r_{\pi 1}(C_{\pi 1} + C_{pz})} \tag{7.6}$$

在超过一定频率时，C_{pz} 的影响将被 R_{pz} 产生的零点所抵消，其大小为

$$n = \frac{-1}{2\pi R_{pz} C_{pz}} \tag{7.7}$$

当这个零点位于极点 p_2 所在位置时，它们相互抵消。在高频处，电阻在补偿网络中起主导作用，新极点位于

$$p_3 = \frac{-1}{2\pi R_{pz} C_{\pi 1}} \tag{7.8}$$

7.3.3　阻性扩频法

与前面的两个方法相比，阻性扩频法只对一个极点进行处理。为使 LP 乘积不变，如果减小极点（更负），就要减小直流环路增益，如图 7.7 所示。

阻性扩频电路如图 7.8 所示。有两种方法：第一种方法是在 BJT 的基射极间或 FET 的栅源极间直接并联一个电阻，

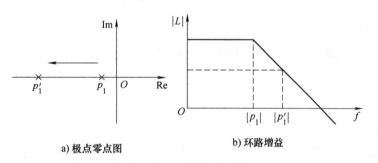

a) 极点零点图　　　　b) 环路增益

图 7.7　阻性扩频原理

以使原极点向更负的方向移动（见图 7.8a）。第二种方法是引入局部反馈环（见图 7.8b）。

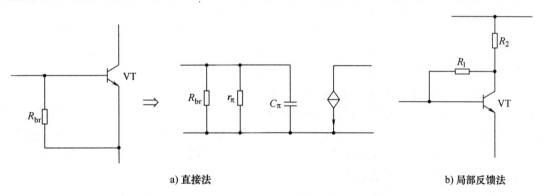

a) 直接法　　　　　　　　　　　　b) 局部反馈法

图 7.8　阻性扩频电路

7.3.4　虚零点法

虚零点法的特点是零点只出现在环路增益 $A\beta(s)$ 中，而不出现在系统传输函数 $H(s)$ 中。为达到这一要求，虚零点只能在反馈网络中实现。假设反馈因子 β 中只包含一个零点 n_1，即

$$\beta(s) = \beta(0)(1 - s/n_1) \tag{7.9}$$

则系统的传输函数为

$$H(s) = \frac{1}{\beta(s)} \frac{-L(s)(1-s/n_1)}{1-L(s)(1-s/n_1)} \tag{7.10}$$

将式（7.9）代入式（7.10），有

$$H(s) = \frac{1}{\beta(0)} \frac{-L(s)}{1-L(s)(1-s/n_1)} \tag{7.11}$$

可见，引入的零点只在环路增益中出现（在传输函数的分母中），而在整个系统的传输函数中不引入零点。但是，会在系统传输函数中引入一个额外的极点间接影响系统传输函数。多数情况下这个极点为非主极点，可以被忽略。这样，如果在反馈环路网络中引入一个零点，它就是虚零点。原则上可以在反馈网络的以下三个位置引入虚零点：

1）在反馈网络中；

2）在反馈网络的输入端（放大器的输出端）；

3）在反馈网络的输出端（放大器的输入端）。

1. 虚零点对根轨迹的影响

虚零点应放在何处才可以获得期望的频率补偿呢？此处再回顾一下二阶系统的特征多项式。当环路增益中包括两个极点 p_1、p_2 和一个零点 n_1 时，其特征多项式为

$$CP(s) = s^2 - s\left(p_1 + p_2 + \frac{LP}{n_1}\right) + LP \tag{7.12}$$

可见，一阶项增加了 LP/n_1。通过对系统极点之和的要求，可以计算出 n_1 的大小。假设一个 Butterworth 系统的两个极点为 p_a 和 p_b，则其和为

$$p_a + p_b = -\sqrt{2}\omega_2 = -\sqrt{2|LP|} \tag{7.13}$$

可得

$$n_1 = \frac{-LP}{\sqrt{2|LP|} + (p_1 + p_2)} \tag{7.14}$$

注意：p_a 和 p_b 都为负值。

2. 虚零点在放大器的输入端实现

虚零点在放大器的输入端实现时，使用何种器件主要取决于使用何种类型的源阻抗（电阻、电容和电感）以及使用何种类型的反馈网络。图 7.9 给出了一个在并联反馈网络的输出端实现虚零点的情形。此时源阻抗 Z_s 的性质决定了用来实现虚零点的器件 Z_p 的类型：

1）若 Z_s 为电阻，则 Z_p 为电感；

2）若 Z_s 为电容，则 Z_p 为电阻和（或）电感。

虚零点的有效性可通过把 Z_s 设为无穷大来检验（理想电流源）。环路增益的增加越大，虚零点的影响就越大。可见，对于容性电流源，环路增益的减小可通过串联电阻或电感来消除。对于阻性电流源，环路增益的减小可通过串联电感来消除。感性电流源则较为少见。

图 7.10 所示为在一个串联反馈网络的输出端实现虚零点的情形。与 Z_s 对应的补偿器件 Z_p 的类型为

1）若 Z_s 为电阻，则 Z_p 为电容；

2）若 Z_s 为电感，则 Z_p 为电阻和（或）电容。

补偿的有效性可通过把源阻抗 Z_s 设为零（理想电压源）来检验。在放大器的输入端实现虚零点时，应注意补偿器件对噪声的影响，由于其本身会产生噪声或传递其他器件的噪声，从而使整个系统的噪声增大。

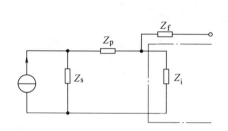

图 7.9　在并联反馈网络的输出端实现虚零点

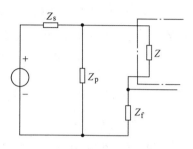

图 7.10　在串联反馈网络的输出端实现虚零点

3. 在放大器的输出端实现虚零点

在放大器的输出端实现虚零点的方法与前面对输入端的讨论类似。图 7.11 所示为包含并联反馈网络的放大器的输出端，对应的补偿器件的类型为

1）若 Z_L 为电阻，则 Z_p 为电感；

2）若 Z_L 为电容，则 Z_p 为电阻和（或）电感。

虚零点的有效性可以通过把 Z_L 设置为无穷大来检验。

图 7.12 所示为在串联反馈网络的输入端实现虚零点。对应的补偿器件的类型为

1）若 Z_L 为电阻，则 Z_p 为电容；

2）若 Z_L 为电感，则 Z_p 为电阻和（或）电容。

虚零点的有效性可以通过把 Z_L 设置为零来检验，这时由于负载对环路的影响较小，故虚零点的作用并不明显。

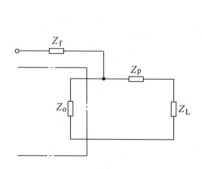

图 7.11　在并联反馈网络的输入端实现虚零点

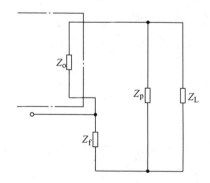

图 7.12　在串联反馈网络的输入实现虚零点

4. 在反馈网络中实现虚零点

与在放大器输入或输出端实现虚零点不同，反馈网络中的虚零点既影响失真也影响噪声。图 7.13a、b 所示为别为 U-I 和 I-U 反馈网络。对于 U-I 反馈网络，应减小反馈阻抗来增加环路增益，因此其有效性通过把反馈阻抗设置为零来检验。此时其补偿器件的类型与反馈

阻抗有关，具体为

1）若 Z_f 为电阻，则 Z_p 为电容；

2）若 Z_f 为电感，则 Z_p 为电阻和（或）

电容。

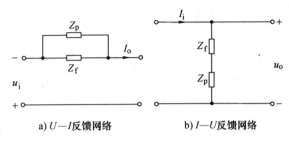

a) U—I 反馈网络 b) I—U 反馈网络

图 7.13 在单反馈网络中实现虚零点

对于 I—U 反馈网络，应增加反馈阻抗来增加环路增益，反馈网络的有效性通过将反馈阻抗设置为无穷大来检验。补偿器件的类型为

1）若 Z_f 为电阻，则 Z_p 为电感；

2）若 Z_f 为电容，则 Z_p 为电阻和（或）电感。

图 7.14a、b 所示分别为包含两个反馈阻抗的 U—U 和 I—I 反馈网络。其对应的器件类型可由单反馈网络推出。例如 U—U 反馈网络中包含了 U—I 和 I—U 两个单反馈网络。前者由 7.13a 给出，后者由 7.13b 给出。

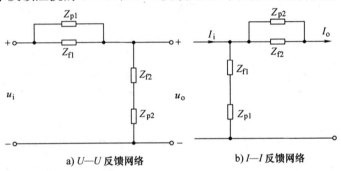

a) U—U 反馈网络 b) I—I 反馈网络

图 7.14 在双反馈网络中实现虚零点

综上所述，可以得到下面的结论，即虚零点总是在 Nullor 的外部实现的，由于反馈网络可以使用精确器件来实现，所以用虚零点频率补偿的方法比在 Nullor 内实现频率补偿的方法更精确。

【**例 7.1**】 图 7.15 所示为电压串联负反馈放大电路。有源放大部分采用两级 CE 的级联，其中 $R_3 \sim R_6$ 为偏置电阻，$C_1 \sim C_3$ 为耦合电容。电路中其他器件的值已标于图中。基于某 BJT 工艺的 NPN 晶体管的基本参数为：$\beta=180$，$I_s = 3\times10^{-15}$ A，$r_b = 150\Omega$，$U_A=135$V（欧拉电压），$C_{b'e}=5$ pF，$C_{b'c}=3.7$ pF。设流入 VT_1 集电极和 VT_2 集电极的电流分别为 0.2 mA 和 1mA，试用虚零点法实现频率补偿，并使得系统的频率响应为 Butterworth 型。

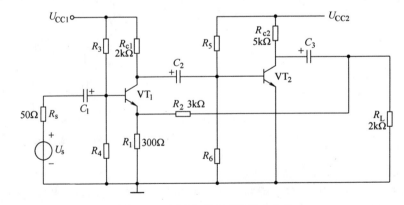

图 7.15 电压串联负反馈放大电路

【设计】　由上文所述，负反馈放大器的虚零点可以在反馈网络中、反馈网络的输入端（或放大器的输出端）以及反馈网络输出端（或放大器的输入端）来实现。为方便分析需要画出其交流通路，如图 7.16 所示。首先观察反馈网络，发现其是典型的 *U-U* 反馈。根据图 7.13，在 *U-I* 网络的反馈电阻上可以通过并联电容来实现补偿，即 R_2 与 C

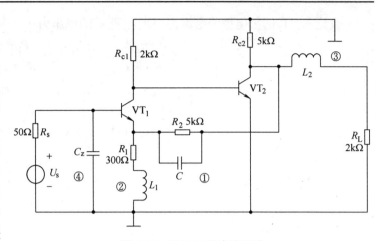

图 7.16　图 7.15 的交流通路

并联（这种情况在图 7.16 中用①标示，下同），而在 *I-U* 网络上可以通过串联电感来实现补偿，即 R_1 与电感 L_1 串联（见图 7.16 中②）。其次，反馈网络的输入端（或放大器的输出端）为并联反馈，根据图 7.11，可以采用一个电感 L_2 与负载串联（见图 7.16 中③）。另外，反馈网络的输出端（或放大器的输入端）为串联反馈，根据图 7.10，可以采用一个电容 C_z 与信号源并联（见图 7.16 中④）。本例中，采用在 *U-I* 网络的反馈电阻 R_2 上并联电容 C 来实现虚零点和频率补偿。本章 7.2 节中指出，若 r_π 较大，则基区电阻 r_b 可以忽略。另外，与负载电阻 R_L 相比，一般有 $r_o \gg R_L$，所以 r_o 也可忽略。其等效电路如图 7.17 所示。

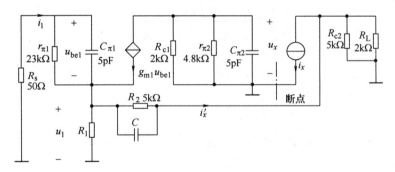

图 7.17　图 7.15 小信号等效电路

接下来对等效电路进行分析。设流过反馈电阻 R_2 的电流为 i_x'，方向如图 7.17 所示。流入电容 $C_{\pi1}$ 和电阻 $r_{\pi1}$ 的电流为 i_1，电阻 R_1 两端的电压为 u_1，则由基尔霍夫电流定律得出（此例中 R_s 较小，可忽略）

$$i_x' = i_1 - \frac{u_1}{R_1} + g_{m1}u_{be1} \approx \frac{u_{be1}}{\dfrac{r_{\pi1}\dfrac{1}{sC_{\pi1}}}{r_{\pi1}+\dfrac{1}{sC_{\pi1}}}} + \frac{u_{be1}}{R_1} + g_{m1}u_{be1}$$

$$= \left(\frac{1}{R_1} + \frac{r_{\pi1}sC_{\pi1}+1}{r_{\pi1}} + g_{m1} \right)u_{be1} \qquad (7.15)$$

设流入 VT_2 的集电极的电流为 i_x ，$r_{\pi 2}$ 两端的电压为 u_x ，则

$$i_x' = i_x \frac{R_{x2}}{R_{x2} + R_2}, \quad \text{其中} \ R_{x2} = \frac{R_L R_{c2}}{R_L + R_{c2}} \tag{7.16}$$

$$u_x = -\frac{g_{m1} u_{be1} R_{x1}}{s C_{\pi 2} R_{x1} + 1}, \quad \text{其中} \ R_{x1} = \frac{R_{c1} r_{\pi 2}}{R_{c1} + r_{\pi 2}} \tag{7.17}$$

由式（7.15）～式（7.17）可以得出负反馈放大器的环路增益为

$$
\begin{aligned}
A\beta(s) &= \frac{u_x}{i_x} g_{m2} = -\frac{\dfrac{R_{x1} g_{m2}}{s C_{\pi 1} R_{x1} + 1} g_{m1} u_{be1}}{\left(\dfrac{1}{R_1} + \dfrac{s C_{\pi 1} r_{\pi 1} + 1}{r_{\pi 1}} + g_{m1}\right) u_{be1} \dfrac{R_{x2} + R_2}{R_{x2}}} \\
&= -\frac{R_{x2}}{R_{x2} + R_2} \frac{R_{x1}}{s C_{\pi 2} R_{x1} + 1} \frac{g_{m1} g_{m2}}{\dfrac{1}{R_1} + g_{m1} + \dfrac{s C_{\pi 1} r_{\pi 1} + 1}{r_{\pi 1}}}
\end{aligned} \tag{7.18}
$$

将式（7.18）进行整理，可以得到环路增益 $A\beta(s)$ 的两个极点分别为

$$
p_1 = -\frac{1}{R_{x1} C_{\pi 2}} = -\frac{1}{\dfrac{R_{c1} r_{\pi 2}}{R_{c1} + r_{\pi 2}} C_{\pi 2}} = -\frac{R_{c1} + r_{\pi 2}}{R_{c1} r_{\pi 2} C_{\pi 2}}
$$

$$
= -1.4 \times 10^8 \ \text{rad/s} \quad (23\text{MHz})
$$

和

$$
p_2 = -\frac{\left(\dfrac{1}{R_1} + g_{m1}\right) r_{\pi 1} + 1}{r_{\pi 1} C_{\pi 1}} = -\frac{r_{\pi 1} + g_{m1} r_{\pi 1} R_1 + R_1}{R_1 r_{\pi 1} C_{\pi 1}}
$$

$$
= -1.5 \times 10^9 \ \text{rad/s} \quad (239 \ \text{MHz})
$$

当 $s=0$ 时，有

$$
\begin{aligned}
A\beta(0) &= -R_{x1} \frac{\dfrac{R_{x2}}{R_{x2} + R_2}}{\dfrac{1}{R_1} + \dfrac{1}{r_{\pi 1}} + g_{m1}} g_{m1} g_{m2} \\
&= -\frac{g_{m1} g_{m2} R_L R_1 R_{c1} R_{c2} r_{\pi 1} r_{\pi 2}}{(R_{c1} + r_{\pi 2})(R_L R_{c2} + R_L R_2 + R_2 R_{c2})(R_1 + r_{\pi 1} + R_1 r_{\pi 1} g_{m1})} \\
&= -6.5
\end{aligned}
$$

此时，可以由极点 p_1、p_2 和 $A\beta(0)$ 的值求出系统的 LP 乘积

$$
\begin{aligned}
LP &= -|AF(0)| \, p_1 p_2 \\
&= -(6.5 \times 1.4 \times 1.5 \times 10^8 \times 10^9) \ (\text{rad/s})^2 = -1.37 \times 10^{18} \ (\text{rad/s})^2
\end{aligned}
$$

由式（7.14）可知

$$
Z = \frac{-LP}{\sqrt{2|LP|} + (p_1 + p_2)} = \frac{1}{R_2 C}
$$

从而求出 $C=0.5\text{pF}$ 。

　　图 7.18 为频率补偿前后放大器的根轨迹和伯德图。从图 7.18a、b 可以看出，引入频率补偿后根轨迹的形状发生了改变。因为环路中增加了一个零点，使得极点变为复数，其根轨迹在复平面上向 Butterworth 位置靠拢。从图 7.18c、d 可以看出，引入频率补偿后环路增益的相位裕度发生了改变。在进行频率补偿前，环路增益的相位裕度约为 75°，而在频率补偿后，环路增益的相位裕度约为 90°，这说明频率补偿后相位曲线变的平缓，总的相移减小，从而验证了频率补偿的有效性。

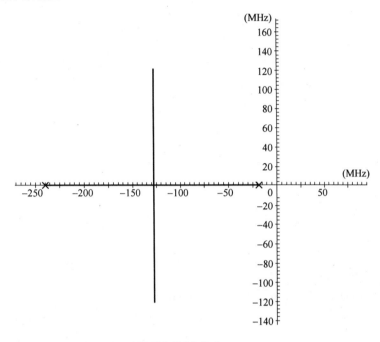

a) 频率补偿前的根轨迹

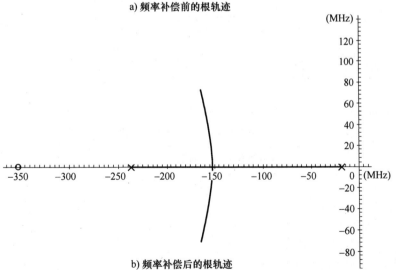

b) 频率补偿后的根轨迹

图 7.18　频率补偿前后的根轨迹和伯德图

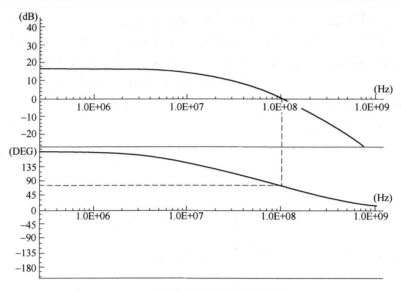

c) 频率补偿前的环路增益伯德图

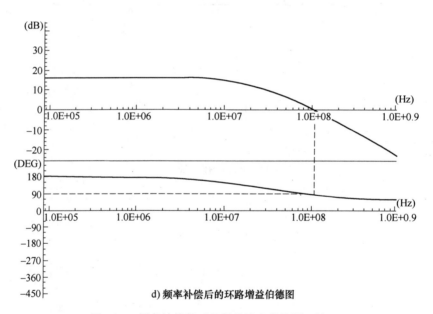

d) 频率补偿后的环路增益伯德图

图 7.18　频率补偿前后的根轨迹和伯德图（续）

第 8 章 偏 置 设 计

　　小信号电路的设计完成后，基于小信号器件模型所设计的电路具有最佳的噪声，最小的非线性失真，适当的带宽，并且系统传输函数的主极点和零点都被放置到恰当的位置。理论上讲，满足规格要求的电路已经完成设计。需要明确的是，在此前设计的每一个步骤，所有的直流偏置源都是用理想的电压源和电流源来代替的。也就是说，出现在小信号模型中的直流偏置量还只是一些概念上的参数，它们并没有用实际的偏置源实现。接下来要解决的问题就是如何设计一个带有直流偏置源的实际的有源二端口网络（例如单个的 BJT 或 FET），使其能完全满足基于小信号模型所设计的动态性能。因此，直流偏置的设计就是在不影响小信号性能的前提下实现具体的偏置电压源和偏置电流源。

　　本章将介绍一种直流偏置的设计方法[25]。8.1～8.6 节从整体上阐述了从一个简单的 BJT 或 FET 到多个 BJT 或 FET 与若干无源器件组成的复杂电路的偏置设计方法。8.1 节引入了偏移量和浮点的概念，以及偏置设计的基本理念。8.2 节介绍了偏置电路中的两个重要设计对象，即偏置源与偏置环。从二端口网络的角度提出一种用带有直流偏置源的实际 BJT 或 FET 来代替每一个有源二端口网络的方法。当然，其前提是两者的小信号参数完全一致。这一节也简单的说明了如何处理在偏置设计环节中出现的无源器件。8.3 节和 8.4 节重点讨论的是在不影响整个电路偏置状态的前提下，如何化简为数众多的偏置环和偏置源，从而简化偏置设计。8.5 节简要说明了偏置电路中偏置环的具体实现方法。8.6 节介绍的是如何用实际的 BJT 或 FET 来实现理想的偏置源。8.7 节是一个偏置电路的设计实例。

8.1　偏置设计的基本理念

8.1.1　偏移量

　　电路中的偏移量（Offset）分为静态偏移量和动态偏移量。其中静态偏移量有三层含义：一是指有源器件正常工作时其静态工作点偏离坐标原点的大小；二是指有源器件实际的静态工作点偏离由小信号性能所确定的静态工作点的大小；三是指有源器件需要的静态工作点与相应的偏置电路所供给的偏置量之间的偏差。例如由小信号性能所确定的流过某 BJT 集电极的电流为 1mA，而偏置电路所供给该 BJT 集电极的电流为 1.01mA，则静态偏移量为 10μA。动态偏移量是指以某一时刻为参照，下一时刻的偏置量相对该时刻所偏移的数值。

　　偏移量又分为电压偏移量与电流偏移量。

　　偏移量既有可能源于交流信号，也有可能由直流信号的变化所引起，或者同时源于交流信号和直流信号的变化。此外，偏移量还有可能源于电源电压的波动，环境温度的变化，以及工艺的不一致性等。因此，有源器件在实际工作中往往会偏离所设计的静态工作点，使得偏移量在一定的范围内波动。为使有源器件工作在相对稳定的工作点，在偏置电路的设计中需要对偏移量加以控制，并且应尽可能使偏移量趋近于零。

8.1.2 浮点

理论上，在一个正确偏置的电路中，所有的节点都有一个相对确定的电位。然而，实际电路中总是存在这样一些节点，它们之间仅仅是由具有电流源特性的器件连接的，从而使得这些节点的电位是不确定的。我们把这样的节点称为浮点（Floating Node）。图 8.1 是一个浮点的例子，在节

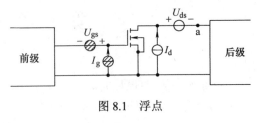

图 8.1 浮点

点 a 处，本级放大器及其后级放大器都没有确定该节点的直流电位，因此节点 a 是浮点。

8.1.3 偏置设计的流程

即便是一个实际的 BJT 或 FET，在不加偏置源时是不可能完成能量转换作用的，其模型当然就更是如此。那么，在偏置电路设计的初始阶段，如何模拟一个实际工作的 BJT 或 FET 呢？最简单和直接的方式就是在其输入端和输出端都配置合适的偏置源[21]，这些偏置源用来确定工作点。换言之，带有偏置源的 BJT 或 FET 都可以看做是能实际工作的器件。前面提到，BJT 或 FET 在工作时存在偏移量，那么，如何来控制偏移量呢？一种比较可行的方法就是用受控的偏置源来消除偏移量。或者说，可以将偏移量提取出来用来控制偏置源，从而模拟一个动态工作的 BJT 或 FET。要完成以上功能，就必然需要一个制控环，其功能是调整 BJT 或 FET 输入端或输出端的偏置源，并最终将偏移量减小为零。这样的控制环称为偏置环。偏置环概念的建立使得偏置设计变得较为复杂。用以控制偏置环的偏移量既可以是电压偏移量也可以是电流偏移量。当然，在完成小信号的设计后，需要偏置的器件的电压偏移和电流偏移都是确定的。其中的电压偏移可以用电压传感器测量，其偏置环也较容易实现。相对来说，电流偏移的测量会比较困难，因为目前电路中还不存在真正意义上的电流传感器。因此，比较可行的测量电流偏移的方法就是通过一个阻抗器件将其转化成一个电压偏移来间接测量。实际上，在多数情况下没有必要去额外引入一个实现此功能的阻抗元件，因为该电路中的一个或多个浮点均可以用来测量电压偏移。有时候甚至可以专门设置一些浮点来达到这个目的。用浮点来化简电流偏移的方法将在后续的 8.3 节介绍。总之，偏置设计的主要理念是

1）所有的有源器件都要配置偏置源才能正常工作。为模拟实际工作的有源器件，首先要为每个有源器件建立合适的偏置源。在偏置设计的初始阶段，这些偏置源可以用理想的电压源和电流源来代替；

2）偏移量是绝对的存在的，因此需要用受控的偏置源来消除（或减小）偏移量。既然存在受控的偏置源，因此需要确定一个待偏置的器件中哪些偏置源是受控的；

3）原则上所有节点的电位都是相对确定的。如果存在浮点，则必然存在电压或电流偏移，因此必然需要一个控制环（即偏置环）以减小或消除偏移量；

4）如果存在偏移量，要确定其是电压偏移还是电流偏移；

5）偏置源或偏置环的数量较多时，要对其进行转移，以简化设计；

6）由于控制电压偏移的电压偏置环比较容易实现，实际设计中，常用浮点将控制电流偏移的电流偏置环转变成电压偏置环。

设计偏置电路的具体步骤为

1）标出所有有源器件的偏置源，并确定其中的受控源；

2）判别并标示出所有的电流偏置环；

3）判别并标示出所有的电压偏置环；

4）化简偏置环；

5）化简偏置源；

6）用具体的偏置电路实现电压偏置环和电流偏置环；

7）用具体的偏置电路实现电压偏置源和电流偏置源。

8.2　偏置源与偏置环

8.2.1　有源器件的偏置源

BJT 或 FET 的小信号模型与抽象的 BJT 或 FET 符号的主要区别在于前者包含一个近似线性的受控源。因此，晶体管的小信号模型可以产生功率或能量，而一个抽象的晶体管符号却不能。所以，要想用一个抽象的晶体管符号来代替其小信号模型，就需要为 BJT 或 FET 提供能量的直流电源。因为 BJT 或 FET 可以将直流能量转化成各种频率的交流小信号能量，这正是非线性器件的功能。

通常电压源和电流源都会出现在 BJT 或 FET 的输入端和输出端。这样，单个的有源器件就需要两个直流电压源和两个直流电流源。在 BJT 和 FET 中附加直流偏置源的结果如图 8.2 所示。由图可以看出，每个 BJT 或 FET 都被两个独立的直流源和两个受控的直流源所包围，在有受控源出现的情况下，二端口网络的输入端和输出端不会出现电压偏移或电流偏移。通常在 BJT 或 FET 输入端的电压源和电流源是受控的，而在输出端的电压源和电流源是独立的，这是因为其输出端的电压源和电流源不但确定了静态工作点，而且确定了小信号模型中许多参数的取值（注意小信号模型中的参数更多地与晶体管输出端的电流直接相关）。这样 BJT 或 FET 输出端的电压源和电流源只能是确定的，不能受控制。所以受控源只能出现在晶体管的输入端。这样，当一个有源二端网络被一个实际的、由单个 BJT 或 FET 所实现的二端网络代替时，后者应具备以下特征：

1）一个抽象的晶体管；

2）两个直流电压源；

3）两个直流电流源；

4）两个偏置环。

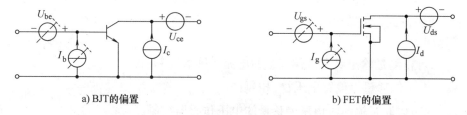

a) BJT 的偏置　　　　　　　　　　　b) FET 的偏置

图 8.2　晶体管的偏置方法

应该说明的是，在 MOSFET 的输入端放置的直流电流源，尽管实际情况下其值为零，但是如果忽略这个电流源，则二端口网络中的一个偏置环就不存在了。在一般情况下，受控的电流源用来产生临时的电流以确定输入端即栅极的电压，例如上电启动电路等。如果不用偏置环，其他一些方法可能会产生闩锁或启动慢等问题。

8.2.2 有源器件的偏置环

偏置环的作用是调整输入端的两个偏置源，使得在输入端和输出端的电压偏移和电流偏移均为零。也就是说，偏置环应当能够测量这些偏移量并能最终将其减小为 0。这样，在晶体管的输入端就需要用一个电压传感器和一个电流传感器来测量电压偏移和电流偏移。在设计的当前阶段，假定这两种传感器都是存在的，并用符号来表示它们，至于其具体的实现将在后续章节中介绍。

二端口网络所处的位置不同，其偏置环实现的方法也不同。在用级联结构实现 Nullor 的电路中，其最有可能出现在以下三个位置：

1）Nullor 中间级；

2）Nullor 的输入级；

3）Nullor 的输出级。

1．中间级的偏置环

中间级的前级可以是 CE/CS 或 CB/CG。这两种配置的输出端都具有电流源的性质，如果假设这一级是正确偏置的，则其电流偏移量为 0。因而没有额外的电流流入中间级。这时，中间级的前一级可以看做是开路的。由于开路时两节点间的电压不为零，因而该电压可以用来测量偏移量。中间级的下一级的配置也可以是 CE/CS 或 CB/CG。同样，如果假设这一级也是正确偏置的，则其电压偏移量为零，因而没有额外的电压叠加到中间级。在这种情况下，中间级的后一级可以看做是短路的。由于短路时两节点间的电流不为零，因而该电流也可以用来测量偏移量。处在这种环境中的中间级如图 8.3 所示。从图中可以看出，FET 漏源间的电压可以通过 U_{ds} 来正确偏置。而短接电路可以由后级实现。一般采用电流传感器来测量流过管子漏极的电流与偏置电流之间的差值。测量的差值 I_{offset} 可以用来控制 I_g。通过 I_g 来设置栅极电压，从而使漏极电流与偏置电流 I_d 相等。需要指出的是栅极电压不能通过偏置电压

U_{gs} 来设置，这是因为中间级的前级是开路的（栅极为浮点）。因此中间级的输入电压只能由本级确定而不能由其前级确定。为确保输入端的电压偏移为零，偏置电压 U_{gs} 应当是受控的，于是可以得到如下结论：

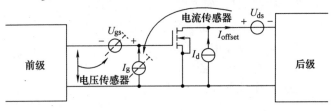

图 8.3   偏置电路中的中间级

1）漏极电流应通过 I_g 设置；

2）I_g 由可以测量输出级电流偏移量的电流传感器控制；

3）输入电压偏移量由偏置电压 U_{gs} 控制；

4）U_{gs} 由可以测量输入级电压偏移量的电压传感器控制。

BJT 的偏置状况与 FET 是完全一致的，这里不再进行讨论。接下来需要确定哪些参量需要测量，以及如何用测量出的参量去控制偏置源。

2. 输入级的偏置环

在输入级存在两种可能的情况：

1）源信号是电压信号，对应于电压放大器或跨导放大器。在这种情况下，对输入级的偏置信号来讲，源信号可以看做是短路的；

2）源信号是电流信号，对应于电流放大器或跨阻放大器。在这种情况下，对输入级的偏置信号来讲，源信号可以看做是开路的。

对第一种情况，其后级的情形与中间级的相同，可以看做短路。图 8.4 是源信号为电压时 FET 输入级的偏置情况。可以看出漏极电压由偏置电压 U_{ds} 与下一级的短路电流正确设置。可以采用电流传感器去测量漏极电流与偏置电流的差值。测量的差值 I_{offset} 用来控制偏置电压 U_{gs}。通过 U_{gs} 就可能设置恰当的栅极电压，从而使漏极电流与偏置电流 I_d 相等。但是栅极电压不能通过 I_g 来设置，这是因为相对偏置信号，源信号可以看做是短路的。为确保输入端的电流偏移为零，偏置电流 I_g 应当是受控的。于是可得如下结论：

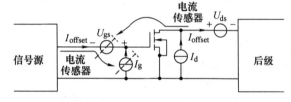

图 8.4 偏置电路中的输入级（信号源是电压信号）

1）漏极电流由 U_{gs} 设置；

2）U_{gs} 由可以测量输出级电流偏移量的电流传感器控制；

3）输入电流偏移量由偏置电流 I_g 控制；

4）I_g 由可以测量输入级电流偏移量的电流传感器控制。

BJT 的情形与此相同。

关于第二种情况，即源信号是电流时的情形，则中间级完全相同，这里不再进行讨论。

3. 输出级的偏置环

在输出级也有两种可能的情况：

1）负载上的输出信号是电压信号，对应于电压放大器或跨阻放大器。此时，对输出级的偏置信号来讲，负载可以看做是开路的；

2）负载上的输出信号是电流信号，对应于电流放大器或跨导放大器。此时，对输出级的偏置信号来讲，负载可以看做是短路的。

对于第一种情况，其前级的情形与中间级相同，可以看做开路。图 8.5 是负载信号为电压时输出级的偏置情况。可以看出漏极电压并不能由偏置电压 U_{ds} 来正确设置，因为负载电路是开路的，负载两端的电压无法确定。于是在这个位置出现了一个浮点。同样，在输出级的输入端也有一个浮点（因为其前级也是开路的）。这两个浮点组成了浮点簇。由于浮点簇相对于其他节点的电

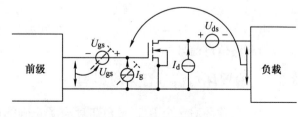

图 8.5 偏置中的输出级

压是不确定的，为解决这一问题，需要再引入一个偏置环来控制浮点簇上的直流偏置电压。此时两个浮点都连接了一个电压源，如果其中的一个偏置环路定义了输出端或输入端的浮点相对地的电压，则另一个浮点的电位也相应确定。好在实际中并不需要额外引入这样一个环路。因为输出端的电压偏移可以被测量并用来控制 FET 的栅极电流，并进而控制漏极电流。如果电压偏移为零，则意味着漏极电流等于偏置电流 I_d。可见，在输出端的偏置环不但能控制电压偏移，而且能控制电流偏移，就像在中间级漏极电流被 I_g 控制一样（事实上这里的浮点可以当做一个"间接"的电流传感器）。于是我们得到如下结论：

1）漏极电流应由 I_g 设置；

2）I_g 由可以测量输出端电压偏移量的电压传感器控制；

3）输入端电流偏移由偏置电流 I_g 控制；

4）U_{gs} 由可以测量输入级电压偏移量的电压传感器控制。

BJT 的情形与此相同。

与输入级类似，故第二种情况不再进行讨论。

8.2.3　无源器件的偏置

电阻、电容和电感等无源器件的传输都是以原点为中心的。因此，这些器件不需要外加偏置源，或者说它们是无偏置的。在偏置设计的初始阶段，无源器件可以用短路或开路的模型来代替。通常情况下电阻和电容用开路模型代替，而电感用短路模型代替。

由于电阻可以实现分压、分流以及电流-电压之间相互转化，因此其在偏置电路中可以用来设计偏置电压源、电流源以及偏置环。电容在偏置电路中有两个作用：一是耦合，即隔离两个节点的直流偏置信号而短路交流信息信号；二是旁路，即保持一个节点的偏置信号，而将该节点的信息信号短路到地。耦合电容可能会在以下两种情况下出现：

1）实现一个电压或电流控制的直流电压源，同时不影响小信号性能。其最有可能被放置到放大器的输入端。在图 8.3 和图 8.5 的输入端，可以用一个耦合电容器去替换电压控制的电压源（U_{gs} 或 U_{be}）。这时候耦合电容两端的电压就是输入端的电压偏移量，用以建立这个电压的（临时）电流则来自偏置电流 I_g 或 I_b。所以对直流来讲，耦合电容的作用就相当于一个受控源，用来消除输入端的偏移量。正因为如此，有时候偏置环滤波器也采用这种方法来实现。

2）实现一个直流浮点而不断开信号的连接，其最有可能被放置到放大器的输出端。出现这种情况的原因有两个：一是必须确保没有直流电流流过负载；二是利用浮点的电压去测量流入或流出该节点的偏移电流。也就是说用来实现一个真正的电流传感器。在输出端的耦合电容使输出级与负载直流断路的特点使得该级的偏置设计简单化。而偏置环路则可以确保输出端的电压偏移和电流偏移都为零，从而正确偏置输出级。

电感在偏置设计中更多地出现在射频和微波电路中作高频扼流圈。此时，电感耦合直流信号而断路信息信号。

8.2.4　偏置环对信号行为的影响

引入偏置环后一个 BJT 或 FET 就有了正确的偏置。但是，正如改变电路的拓扑结构一样，偏置环的引入会对信号的行为产生影响。为保证偏置环只对偏置信号有效同时对信息信号不产生影响，每一个偏置环中都应包含一个偏置环路滤波器，简称为偏置环滤波器。显然，偏置环滤波器的功能就是将偏置信号与信息信号区分开来。由于在偏置设计的初始阶段其拓扑结构会发生多次改变以简化设计（比如偏置源的转移以及偏置环的省略等）。因此，偏置环滤波器往往是在偏置电路设计的最后阶段才引入的。其具体实现方法将在 8.5 节中详细讨论。

8.3　偏置环的简化

8.3.1　偏置环的建立

偏置设计起始于在每一个 BJT 或 FET 的周围放置 4 个偏置源，即两个电压偏置源和两个电流偏置源。其中输入端的电压源和电流源是受控的。

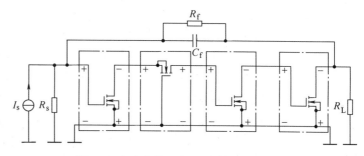

图 8.6　完成小信号电路设计的跨阻放大器

图 8.6 所示为一个完成了小信号电路设计的跨阻放大器。其在放置所有的偏置源后的电路如图 8.7 所示。图 8.7 中带阴影部分表示受控源。利用 8.2 节的知识，可以标出所有的受控源的控制信号及偏置环，如图 8.8 所示。这里的电阻可以看做开路。这样，在输出端就出现一个浮点。这时需要用一个电压传感器（而不是电流传感器）来确定该浮点的电压以及测量漏极的电流偏移。

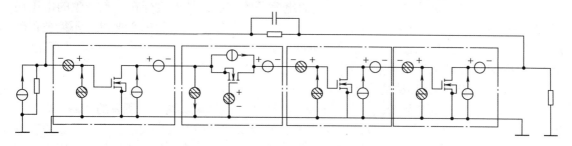

图 8.7　图 8.6 配置偏置源后的电路

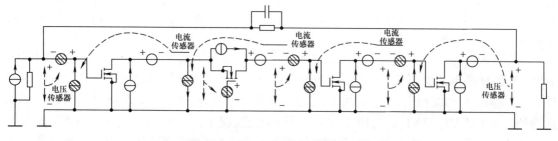

图 8.8　图 8.6 建立偏置环后的电路

在 PSPICE 这样的仿真器中，图 8.8 中的受控源很容易实现。在没有偏置环滤波器的情况下，用仿真器中给出的结果就可以判断偏置电路是否正确。这时候用不着去考虑小信号的性能，但需要确定每一个偏置源的值是否正确以及是否有偏置环被遗漏。当然，这时候就可以根据仿真器所确定的工作点信息来计算小信号的参数在实际的偏置情况下是否正确，是否与前面的小信号电路设计中的参数一致。

8.3.2　电流偏置环

在实现每一个偏置环、设计偏置环滤波器以及建立一个浮点以测量电流偏移之前，有必要尽可能地减小偏置环的数量。我们倾向于保留那些在浮点上受电压偏移控制的偏置环。至于其他的偏置环，由于其相关控制量能够固定在一些确定的值，因而可以将其忽略。

1．电流偏移量的测量

实际中，像霍尔传感器这样的电流传感器不易实现。一个可行的测量电流偏移量方法是通过一个阻抗将其转换为电压偏移量。当然，此时对阻抗的应用有着非常苛刻的条件，即它既不能影响小信号的性能，也不能出现在 Nullor 中，以免降低整个电路的性能。实际中常用以下几种方法测量电流偏移量：

1）接受电流偏移量的存在而不去控制它。有一种误解是电流偏移量的存在必然会使电路不能正常工作。实际上，一些电流偏移量只会引起很小的小信号参数的变化。如果接受或忽略了电流偏移量，需要评估由此所引起的误差是否在可以接受的范围之内。在后续的讨论中读者会看到，这种方法常用来减少电流偏置环的数量。

2）利用在浮点上的电压偏移量来间接地测量该点的电流偏移量。切记，在减少偏置环数量时，应当保留那些与浮点上的偏置量相关的偏置环。

3）在电路中插入一个电容以建立一个浮点，再运用方法 2）。

最不可取的做法就是忽略对流入浮点的电流源的控制，从而接受在该点产生的电压误差。值得指出的是如果忽略一个偏置环，则不可避免地会使至少一个 BJT 或 FET 不能被正确地偏置。设计者应当考虑这样的后果是否可以接受。当用以测量电流偏移量的浮点不存在时，最可行的办法就是建立一个浮点，常用耦合电容实现之。

2．电流偏置环拓扑结构的改变

在直流偏置设计的初始阶段，所有的直流环都不应被遗漏。这样，所有的 BJT 或 FET 都是正确偏置的。但是偏置环的数量相对较多，会导致偏置电路变得过于复杂。那么，有没有可能减少偏置环的数量呢？这可以通过改变电路的拓扑结构来实现，前提是由此所产生的偏移误差应当在可接受的范围之内。所谓电流偏置环拓扑结构的改变是指：电路结构从只环绕在一个 BJT 或 FET 周围的局部电流偏置环改变成一个环绕在多个 BJT 或 FET 周围的全局电流偏置环。例如图 8.9 所示。

与图 8.8 相比，在 VF_3 与 VF_4 周围的电流偏置环被忽略，取而代之的是一个全局偏置环ⓐ。此时 VF_3 的栅极电流受控于在 VF_4 的漏极输出端所测量到的电压偏移量（注意这个输出端为浮点）。这时 VF_4 的栅极电流是由 VF_3 输出端的偏移电流所确定的，为图中的偏置环ⓑ。有意思的是，在上述 VF_3 与 VF_4 的受控源测量位置改变的情况下，两个 FET 漏极的偏置电流仍然是正确的。这意味着偏置环ⓑ可以被忽略。当然，这样 VF_3 的漏极电流会出现一个误差，这个误差是改变结构前与改变结构后的差值。如果这个误差足够小，则忽略偏置环ⓑ后的电路偏置仍基本正确，是可以接受的，如图 8.10 所示。所不同的是 VF₄ 的栅电流不再由受控量确定，而是被设置成了一个固定值。上述过程同样可以应用于电路中的其他 FET，最后在电路中会留下少量的电流偏置环。一般在放大器中只会存在一个全局的电流偏置环，如图 8.11 所示。应当指出，在电路中除了电流偏移量被测量的 FET 外，在其他 FET 的漏极电流都会出现误差。因此在图 8.11 中只有 VF₄ 的电流偏置是正确的。显然改变电路结构只有在管子之间直接耦合时才可行。当 FET 之间是阻容耦合时，偏置环的直流通路被打断，全局的偏置环路就不可能实现。电流偏置环的数量之和加上漏极电流出现误差的 FET 之和为常数，并且等于所有的 FET 数量之和。因此，在实现了有限的电流偏置环之后，设计者就明确了究竟有多少个 FET 的偏置是完全正确的，有多少个是有误差的。并且能够很容易的检查出误差出现的位置，以及判断误差是否可以接受。

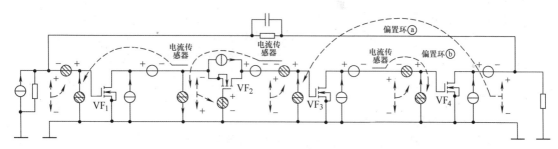

图 8.9　改变电流偏置环的拓扑结构

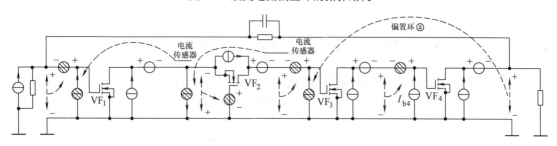

图 8.10　忽略偏置环ⓑ使 VF₃ 的偏置电流出现一个小误差

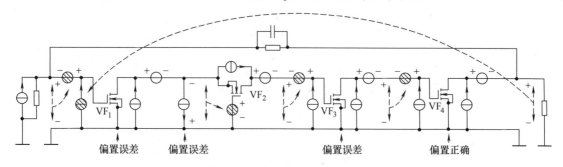

图 8.11　全局的电流偏置环

3. 浮点的确定

在前几节的讨论中，所有电流偏移量的测量都是通过浮点来实现的。如果电路中存在浮点，就有可能重新调整偏置电流的控制方式，从而达到化简偏置环的目的，使得电流偏置环的实现变得简单。总结以上讨论，可以得出：

1）如果存在 $N_{VT,VF}$ 个 BJT 或 FET；如果存在 N_f 个浮点；则很容易实现 N_f 个电流偏置环。

2）有 N_f 个 BJT 或 FET 是正确偏置的，并且有 $N_{VT,VF} - N_f$ 个 BJT 或 FET 的输入电流是存在误差的。

因此，确定浮点的位置是实现电流偏置的首要任务，接下来就能够找到改变偏置电流偏置环拓扑结构的最佳方法，或最佳的需要创建浮点的位置。那么，怎样确定浮点呢？在一个电路中，两个节点之间直流电压的关系可以通过很多种方式加以确定，例如：

1）通过一个电压源（确定接地点和电源电压）；

2）通过 BJT 的发射结或者 FET 的栅源电压；

3）通过一个二端口的非线性器件，如二极管等；

4）通过一个电感；

5）通过一个小电阻。

对电路中任何一个节点来讲，其偏置电压相对电路中的其他节点都应通过以上几种方式唯一确定。相反，如果该节点电压不能由电路中其他节点确定，则该节点为浮点。

8.3.3 电压偏置环

1. 实际的受控电压源

和受控电流源不一样，受控电压源在实际中并不存在，因此只能用间接的方法来实现。通常用以下 4 种方法来实现受控电压源：

1）通过受控电流源与一个现成的、表征小信号的阻抗来实现，如图 8.12a 所示。受控电流 I 通过电阻 R 产生一个受控电压 U，需要注意这个直流受控电流源不应当对电路中的小信号产生影响。

2）通过受控电流源与一个外加的阻抗来实现，如图 8.12b 所示。同样，该阻抗相对小信号来讲应该足够小，因此常与并联的电容同时出现。

3）通过外加的耦合电容来实现，如图 8.12c 所示。

4）忽略对电压源的控制（即电压源有固定值）并且接受由此带来的电压偏移。

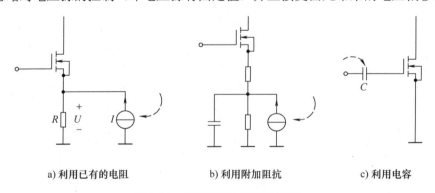

a) 利用已有的电阻   b) 利用附加阻抗   c) 利用电容

图 8.12 实际受控电压源的实现

电容可以看做是一个电流控制的电压源。当两个节点之间的直流阻抗为有限值时，电容也可以看做是一个电压控制的电压源（也就是说其作用相当于小电阻）。由于对小信号是短路的，所加电容并不影响小信号性能，因此在输入端用电容来实现受控电压源在实际中得到广泛应用。

2. 忽略对偏置电压源的控制

现在再来观察一下在图 8.11 中出现的所有受控电压源。与受控电流的做法相同，除了输入级之外，在其他各级出现的受控电压源都可以当做是不受控的（将其设为固定值）。这同样会在每一个管子的漏极产生一个小的电压误差。由于实际中对这个电压的要求并不严格，因而该误差通常都是能够接受的。如图 8.13 所示，与 U_{ds3} 串联的受控电压源 U_{gs4} 可以被一固定电压源 U'_{gs4} 取代。U'_{gs4} 与 U_{gs4} 之间的差值即偏移量很小，因此误差很小，受控量可以被忽略。

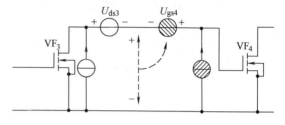

图 8.13 受控电压源被忽略的典型情况

忽略了对偏置电压源的控制后，图 8.8 被重画为图 8.14。图中的 4 个 FET 中，其中的 3 个 FET 输入端的受控电压源可以设置为固定电压，只有输入级的受控电压源被保留。由此所产生的电压误差是可以接受的，而由此所产生的电流误差则可以由电流偏置环来调节。

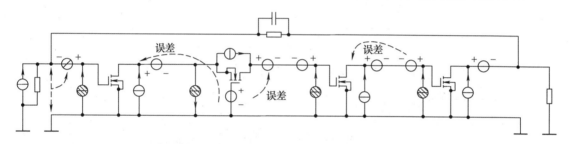

图 8.14 图 8.8 中忽略对偏置电压源控制后的电路

3. 输入端电压偏移量的控制

化简后，仅在放大器的输入端留下一个电压偏置环。根据源信号的特征，可以分两种情况来讨论：

1）源信号的直流阻抗很高，可以看做开路。这时可将受控电压源用耦合电容代替，这正是前一节所讨论的情形。

2）源信号的直流阻抗较低，可以看做短路。这时受控电压源将设置 BJT 或 FET 的集电极或漏极电流。输入端的电流偏移则由受控电流源调整，如图 8.15 所示。当然，如果源信号允许小的直流偏移量流过，则这个电流偏置环可以被忽略。由于此时输入端的电压源受输出端控制，要求设计偏置时将负载考虑在内。特殊情况下负载不出现在电路中时，则应用短路线代替之。另外一种处理方法就是将短路的情形人为地"开路"，例如在放大器的输入端同样可以插入一个耦合电容。在这种情形下，即使源信号不出现，电路的拓扑结构也能使电路正确偏置。尤其是当没有其他更好的方法实现一个受控电压源，或者设计者不打算利用集电极电流与基射电压间的指数关系或漏极电流与栅源电压间的平方律关系来设计偏置时，这是一种很好的选择。

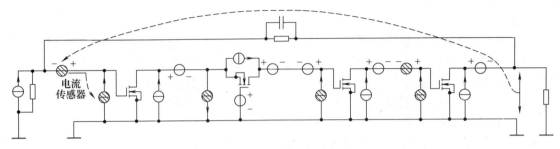

图 8.15 输入端电压偏移量受输出端控制

如图 8.16 所示。图中已配置了所有的偏置源（包括受控源）。可见，无论源信号的直流阻抗如何，在输入端的受控电压源都可以用一个耦合电容来实现，从而以更加简单的形式实现电压偏置环。忽略了部分偏置环并且接受了由此引入的微小误差后，偏置环的数量大为减少。经过化简后一般电路中只会留下两个偏置环：一个是电流偏置环；另一个是电压偏置环（可用耦合电容代替）。

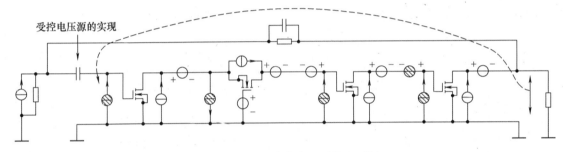

图 8.16 用耦合电容实现受控电压源

在设计中可能会产生这样的疑问：先考虑电流偏置源还是电压偏置源？一般这两者之间并没有明确的先后次序。但在有些情况下，如在先考虑电流偏置源时会创建浮点，这可能会给电压偏置源的设计带来不同的选择，此时，电流偏置源的设计优先于电压偏置源。

8.4 偏置源的简化

在电路中放置所有的偏置源以及对部分偏置源进行恰当的控制后，接下来就可以逐一地实现这些偏置源。如果电路的级数较多，则偏置源的数量也就较多，所以单独地实现每一个偏置源并不是最佳的设计方法。那么有没有更简捷的方法呢？这里读者也许会很容易地联想到第 1 章所介绍的关于信号源转移的知识。通过信号源的转移，偏置源的数量会大为减少。下面简单讨论一下电压偏置源的转移和电流偏置源的转移。

8.4.1 电压偏置源的转移

我们希望电压源尽可能地被转移到接地的支路中去。转移后在同一支路中的所有电压偏置源之和就是供电电压。电压偏置源转移到没有接地的支路后，就成为浮动的平移的电位。两个以上的电压源转移到同一支路中后，有时由于极性不同，其部分会相互抵消。因此合理地安排电压偏置源的转移会减少平移的偏置源的数量。这可以通过改变器件的类型来实现，如将一个 NPN 的 BJT 管用 PNP 型的管子代替，或者将一个 N 沟道的 FET 管用 P 沟道的管子代替，则相关偏置源的极性会发生改变，从而抵消部分偏置源。这也是一种抵消浮动的电压偏置源的有效方法，因为这时不会出现平移的电位。关于器件类型的改变将在 8.4.3 节中重点讨论。通过上述电压偏置源的转移、电位的平移或改变器件类型，可以得到：

1）最小的保证电路性能的供电电压；

2）如上述值大于实际的供电电压，则可以很容易的找到制约供电电压的偏置电压源或器件，从而评估减小该偏置源后给电路性能造成的影响；

3）在保证电路性能的前提下，可以选择最佳的器件类型，从而最大限度地减小供电电压。

图 8.17 是对图 8.16 进行电压转移操作的结果。

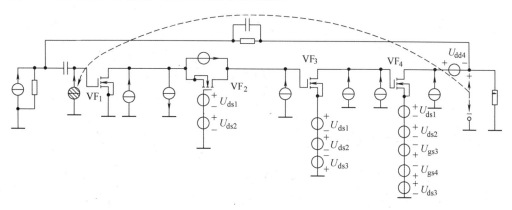

图 8.17　电压偏置源的转移

图中

$$U_{dd4} = U_{ds1} + U_{ds2} - U_{gs3} + U_{ds3} - U_{gs4} + U_{ds4} \qquad (8.1)$$

这里的 U_{ds4} 为 VF$_4$ 的漏源极间的电压，图 8.17 中未标出。可见 U_{dd4} 是一个与输出端串联的浮动的电压源，因而是一个相对的电位。最简单的处理这个浮动电压源的方法就是利用有电压传感器的支路来转移之。转移后该电压源的一条支路与地及电压传感器串联，另一条仍与输出端串联。后者如前所述，可以用一个耦合电容来代替。这时在电容右边的节点是浮点，但由于该节点上无直流电流，因此没有受控电压。电路中的其他电压源间满足如下关系：

$$U_{dd1} = U_{ds1} + U_{ds2} - U_{gs3} - U_{gs4} + U_{ds3}$$
$$U_{dd2} = U_{ds1} + U_{ds2} - U_{gs3} \qquad (8.2)$$
$$U_{dd3} = U_{ds1} + U_{gs2}$$

8.4.2　电流偏置源的转移

同样，电流偏置源转移后最好使其一端接地以便于实现。这样的好处还在于有的电流偏置源经过转移后，由于大小相等、方向相反，可以相互抵消，从而减少偏置源的数量。另外，转移中需要注意以下两点：

1）转移中的公共点最好是接地点；

2）严格地说，受控电流源转移后的两个电流源并不一定能保证完全相等，这时就存在一个电流偏移量。该偏移量既可以由原受控电流源直接加以补偿，也可以通过电路中的其他控制源或偏置源间接加以处理。电流偏置源的转移如图 8.18 所示。

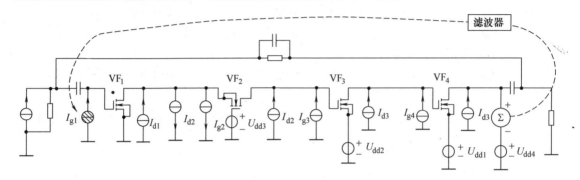

图 8.18　电流偏置源的转移

图 8.18 所示为电流偏置源经过转移后的电路。电路中只有 I_{d2} 被转移，因为其他的电流偏置源已经是单端接地的。并联的多个电流偏置源可以被合并成一个电流源。由于 I_{d1} 和 I_{d2} 大小相等、方向相反，相互抵消，只有 I_{g2} 得以保留。由于 I_{g2} 很小，实际中经常被忽略，这虽然会导致 VF_1 的电流略有增加，但不会带来太大的偏置问题。其他的电流偏置源间满足如下关系：

$$I_{dd1} = I_{d4}$$
$$I_{dd2} = I_{d3} + I_{g4}$$
$$I_{dd3} = I_{d3} + I_{g3}$$

（8.3）

偏置源转移的结果如图 8.19 所示。

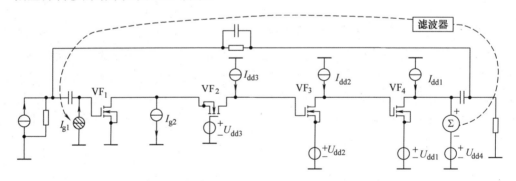

图 8.19　偏置源转移的结果

8.4.3　改变器件的类型

前面提到，为减小供电电压，可以改变电路中的器件类型，如将一个 NPN 型的 BJT 管用 PNP 型管代替，或者将一个 N 沟道的 FET 管用 P 沟道的管子代替，或者相反。但要以不影响小信号性能为前提。如图 8.20 所示，由 N-FET 组成的 Cascode 电路中，两个 FET 管的电流都为 I_d。经过电压转移后，出现了两个供电电压，一个位于 VF_2 的栅极，一个位于 VF_2 的漏极。其中每一个供电电压又包含两个偏置电压源，分别由 VF_1 和 VF_2 提供。这意味着如

果其中的一个管子由 N 沟道改变成
P 沟道，则它的一个偏置电压源的极
性会发生改变，从而得到一个较低的
供电电压。如图 8.21 所示，若将 VF$_2$
改变成 P 沟道，则 U_{g2} 和 U_{d2} 的极性
发生改变。但这时会额外多出两个电
流偏置源（具有相同的 I_d），由于其
极性发生改变，电流偏置源不再能抵
消。通过转移后得到右边的电路。在
VF$_2$ 的漏极，如果 U_{d1} 和 U_{d2} 相等，

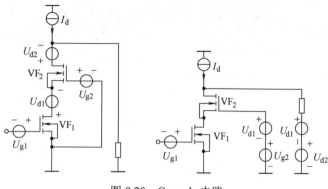

图 8.20　Cascode 电路

则它们相互抵消。在 VF$_2$ 栅极的电压源合并后也比原来的供电电压低。需要指出，在改变
VF$_2$ 的类型后，虽然电压偏置源的数量减少了，但是电流偏置源的数量却增加了。由于电流
偏置源不能相互抵消，在 VF$_2$ 的源极（或 VF$_1$ 的漏极）出现了一个值为 $2I_d$ 的电流偏置源。
与图 8.20 相比，图 8.21 中源极 VF$_2$ 的电流源的极性也发生了改变。因此该电路也被称为折
叠式 Cascode 电路。总之，在改变器
件类型后，虽然供电电压确实是降低
了，电压偏置源也减少了。但这是以
增加电流偏置源的数量并且以增加
电流偏置源的值为代价的。总体的功
耗并没有改变。因此这一方法并不能
用来降低功耗，只适合用来降低供电
电压。

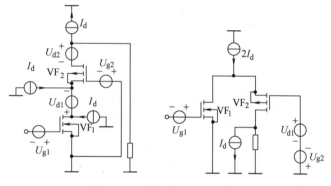

图 8.21　折叠式 Cascode 电路

8.5　偏置环的实现

　　偏置环的实现实际上就是要设计一个实用的电压传感器或电流传感器。当然这个传感器
感应的是偏置信号而不是信息信号。然而，我们知道在很多节点上的信号都是两种信号的叠
加。因此，需要用偏置环滤波器将偏置信号和信息信号区分开来，下面具体讨论偏置环滤波
器的实现。

8.5.1　偏置环滤波器

　　偏置环滤波器的作用是将偏置信号与信息信
号分离开来。如果偏置信号与信息信号占有的频带
互不交叉，则可以保证它们互不影响。为了将偏置
信号与信息信号分离，需要为偏置信号保留一个专
门的频带（f_B），在这个频带之外才允许有信息信
号，如图 8.22 所示。理论上偏置信号的带宽为 0，
但事实上这是很难实现的，一般选取 $f_B = 10\text{Hz}$。

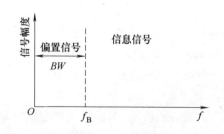

图 8.22　偏置信号与信息信号占用不同的频带

8.5.2　偏置环设计

偏置环滤波器常采用图 8.23 所示电路实现。图 8.23a 为单 T 形网络，由电阻 R_{T1}、R_{T2} 及电容 C_T 构成。其中电阻 R_{T1} 和 R_{T2} 由节点 b 与 a 的电压差以及流过该支路的电流确定，C_T 则由偏置信号的带宽确定。此时节点 b 与 a

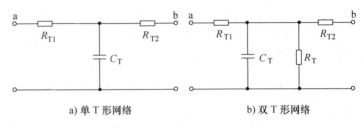

a) 单 T 形网络　　　　b) 双 T 形网络

图 8.23　偏置环滤波器

均有偏置电流，因而该偏置环滤波器适用于由 BJT 或 JFET 所构成的有源网络。对由 MOSFET 构成的有源网络，常采用图 8.23b 所示的双 T 形网络。由于 MOSFET 的栅极电流为零，此时节点 a（与栅极相连）有偏置电压而无偏置电流，因此图中电阻 R_T 的作用是与电阻 R_{T2} 对节点 b 的偏置电压进行分压，从而得到节点 a 的偏置电压，同时旁路流入节点 b 的偏置电流。

图 8.24 是图 8.19 所示偏置环的具体实现。

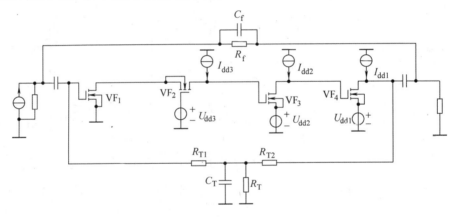

图 8.24　偏置环的具体实现

8.6　偏置源的实现

8.6.1　电压源设计

图 8.25 所示为理想电压源应具有的特性，即理想电压源的输出电压 U_{ref} 不随输出电流 I_o 变化。若该理想电压源的输出阻抗为 r_o，则有

$$r_o = \frac{\partial U_{ref}}{\partial I_o} = 0 \qquad (8.4)$$

因此，理想电压源的噪声密度也为零，或者说是无噪声的。

图 8.26 所示为实际的电路设计中常采用的几种电压源的实现方法。图 8.26a 为典型的电阻分压器。其中 C_1 与 R_2 并

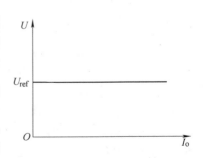

图 8.25　理想电压源的特性

联以滤除从供电电源 U_{CC} 引入的干扰信号。

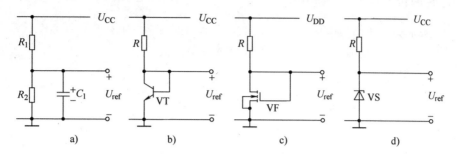

图 8.26 几种简单的电压源实现方法

该电路中电压源的基准电压为

$$U_{ref} = \frac{R_2}{R_1 + R_2} U_{CC} \tag{8.5}$$

其输出阻抗为

$$r_o = R_1 /\!/ R_2 = \frac{R_1 R_2}{R_1 + R_2} \tag{8.6}$$

而输出电流为

$$I_o = \frac{U_{CC}}{R_1 + R_2} = \frac{1}{r_o}\left(1 - \frac{U_{ref}}{U_{CC}}\right)U_{ref} \tag{8.7}$$

图 8.26b 和 8.26c 为 BJT 或 FET 当做二极管连接时的电压源电路。其中，图 8.26b 中的基准电压为

$$U_{ref} \approx U_T \ln\left(\frac{U_{CC}}{RI_s}\right) \tag{8.8}$$

式中，I_s 为反向饱和电流。

其输出阻抗为

$$r_o = \frac{U_T}{I_o} \tag{8.9}$$

而输出电流 I_o 由下式给出：

$$I_o = \frac{U_{CC} - U_{be}}{R} \approx \frac{U_{CC} - 0.7\text{V}}{R} \tag{8.10}$$

若将图 8.26b 中的 BJT 用 FET 代替，得到图 8.26c 所示电路。该电压源的基准电压为（忽略沟道长度效应）

$$U_{ref} = U_{TH} - \frac{L}{K'WR} + \sqrt{\frac{2(U_{DD} - U_{TH})L}{K'WR} + \frac{L^2}{K'^2 W^2 R^2}} \tag{8.11}$$

式中，$K' = \mu_0 C_{ox}$；W 和 L 分别为 FET 的栅宽和栅长；U_{TH} 为 FET 的阈值电压；μ_0 为电子或空穴的迁移率。

图 8.26d 为采用稳压管的电压源电路。此时输出电压由稳压管的反向击穿电压确定。

8.6.2 电流源设计

图 8.27 所示为理想电流源应具有的特性，即理想电流源的输出电流 I_{ref} 不随其输出电压 U_{o} 变化。若该理想电流源的输出阻抗为 r_{o}，则有

$$r_{\text{o}} = \frac{\partial U_{\text{o}}}{\partial I_{\text{ref}}} = \infty \qquad (8.12)$$

因此，理想电流源也是无噪声的。

图 8.28 所示为实际的电路设计中常用的几种电流源的实现方法。

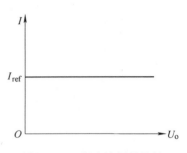

图 8.27　理想电流源的特性

图 8.28a 中，用单个电阻来设计一个简单的电流源，此电流源的基准电流为

$$I_{\text{ref}} = \frac{U_{\text{o}}}{R} \qquad (8.13)$$

一般要求电流源的输出阻抗较大，所以要首先评估 R 的大小是否能满足要求。

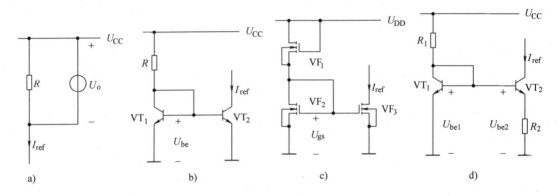

图 8.28　几种常用的电流源实现方法

有经验的设计师们常常发现，这种最简单的方法有时反而是最有效的电流源的实现方法。

图 8.28b 所示为典型的电流镜，其基准电流为

$$I_{\text{ref}} = \frac{U_{\text{CC}} - U_{\text{be}}}{R} \approx \frac{U_{\text{CC}} - 0.7\text{V}}{R} \qquad (8.14)$$

该电流源的输出阻抗由 VT_2 的输出阻抗确定。

图 8.28c 所示为电流镜的 FET 实现。此时，其基准电流为

$$I_{\text{ref}} = \frac{U_{\text{DD}} - U_{\text{gs}}}{R} \approx \frac{U_{\text{DD}}}{R} \qquad (8.15)$$

图 8.28d 所示为微电流源电路，其基准电流为

$$I_{\text{ref}} = \frac{U_{\text{be1}} - U_{\text{be2}}}{R} = \frac{\Delta U_{\text{be}}}{R} \qquad (8.16)$$

与图 8.28b 相比，该电流源的输出阻抗较大，约为

$$r_{\text{o}} = r_{\text{o2}}(1 + g_{\text{m}}R_2) \qquad (8.17)$$

由于图 8.28b 中电流源的输出阻抗相对较小,一种改进电路如图 8.29 所示。该电路也被称为 Wilson 电流源,其基准电流为

$$I_{\text{ref}} \approx \frac{U_{\text{CC}} - 1.4\text{V}}{R} \tag{8.18}$$

而其输出阻抗由 r_{o2} 增大为

$$I_{\text{o}} = r_{\text{o2}}\left(1 + g_{\text{m3}}\frac{1}{g_{\text{m2}}}\right) \approx 2r_{\text{o2}} \tag{8.19}$$

实际应用中选用何种电压源或电流源实现电路,因具体电路而异。

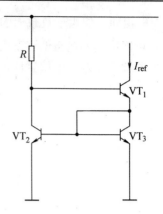

图 8.29 Wilson 电流源

8.7 偏置设计实例

图 8.30 所示为完成了小信号性能设计的负反馈跨阻放大器。其中,由小信号性能所确定的基于某 CMOS 工艺的三个 NMOS 晶体管 VF_1、VF_2 和 VF_3 的静态工作点由表 8.1 给出。已知工作于 0.1mA 的 NMOS 晶体管的尺寸为 W_1/L_1,其对应的栅源电压为 1V。工作于 0.1mA 的 PMOS 晶体管尺寸为 W_2/L_2,其对应的栅源电压为 1.1V。$R_{\text{L}} = 10\text{k}\Omega$。试完成该电路的偏置设计。

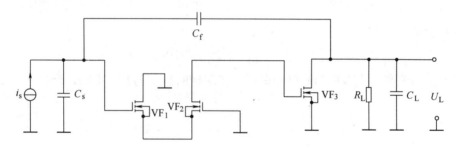

图 8.30 跨阻放大器的小信号电路

表 8.1 跨阻放大器中 NMOS 晶体管的静态工作点

	I_{d}/mA	U_{ds}/V	U_{gs}/V
VF_1	0.1	≥1	1
VF_2	0.1	≥1	1
VF_3	3	≥2	1.2

【设计】 步骤一:偏置源和偏置环的建立。

在偏置设计的第一步,将两个偏置电压源(U_{gs} 和 U_{ds})以及两个偏置电流源(I_{g} 和 I_{d})分别配置到电路中每个 NMOS 晶体管的输入端和输出端。其中 U_{gs} 和 I_{g} 是受控偏置源(用阴影标示),而 U_{ds} 和 I_{d} 是独立偏置源。由于源信号的直流阻抗为无穷大,因此 VF_1 和 VF_2 输入端的电压偏移量由感应放大器输入电压的电压传感器控制。其输入端的电流偏移量则由测量输出端电流偏移量的电流传感器加以控制。同理,对 VF_3 输入端电压偏移量的控制与 VF_1 和

VF_2 相同。但由于负载上的信号为电压信号，所以 VF_3 输入端的电流偏移量是由电压传感器测量输出端的电压偏移量而加以控制的。这样，由于电路中存在三个晶体管，就必然需要 12个偏置源以及 6 个偏置环，结果如图 8.31 所示。

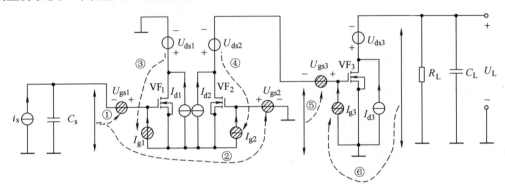

图 8.31　偏置源与偏置环的建立

步骤二：电压偏置源的转移与化简。

在放大器输入端的电压源是受控的，不能被转移。受控源 U_{gs3} 为本地控制，可忽略该偏置环并用一独立电压源表示。U_{ds1} 单端接地，不需要转移。这样电压源的转移就首先从 U_{ds2} 开始。由于 U_{ds2} 与 U_{gs3} 是串联的，可先将其合并为一个电压源再转移至其他支路中去。合并后的电压用 U'_{gs3} 表示，即

$$U'_{gs3} = U_{gs3} + U_{ds2} = 1.2V + (-1)V = 0.2V$$

接下来将 U'_{gs3} 分别转移到 VF_3 的源极和漏极，在漏极的 U'_{gs3} 与 U_{ds3} 串联，合并为一个电压源 U'_{ds3}，即

$$U'_{ds3} = U'_{gs3} + U_{ds3} = 0.2V + 2V = 2.2V$$

最后，将 U'_{ds3} 转移到反馈和负载两个支路中去。在反馈支路中的电压源与反馈电容 C_f 串联，可被忽略。经过电压源转移和简化后的电路如图 8.32 所示（简单起见，图中未标出电流源）。

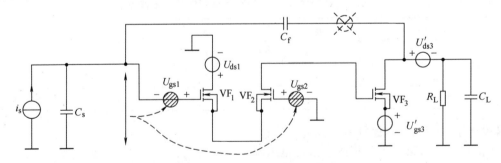

图 8.32　电压偏置源的转移和简化

步骤三：电流偏置源的转移与化简。

在对电流偏置源进行转移前，首先应对受控电流偏置源的偏置环进行化简。VF_1 和 VF_2 的电流偏置环原来由 VF_1 和 VF_2 的输出端电流偏移量进行控制，经过偏置环拓扑结构的改变后，

可由 VF_3 输出端的电压偏移量来控制。这样就忽略了对 VF_3 的输入端的电流偏置源的控制，并将其用一个独立电流源代替。对受控电流偏置源处理的结果如图 8.33 所示。接下来对所有的电流偏置源通过公共接地点进行转移，并将并联的电流源合并。如图 8.34 所示，在 VF_1 和 VF_2 源极的 4 个电流源被合并为一个尾电流源 I_o，其受控部分由于值较小，可被忽略。在 VF_1 漏极的电流源与电压源 U_{ds1} 并联，可被忽略。同样，在 VF_2 栅极的电流源与 U_{gs2} 并联，可被忽略。

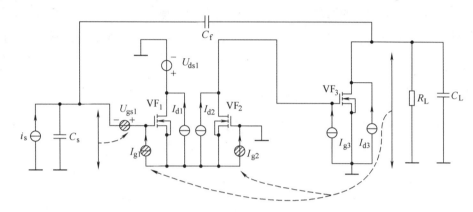

图 8.33 改变电流偏置环的拓扑结构

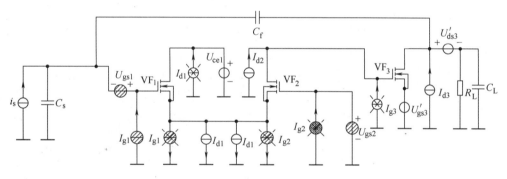

图 8.34 电流偏置源的简化

注意到 VF_2 的漏极电流源 I_{d2} 与 VF_3 的栅极电流源 I_{g3} 并联，可将其合并为一个电流源。实际中因后者为零或较小，可被忽略。完成上述简化后放大器的偏置电路如图 8.35 所示。

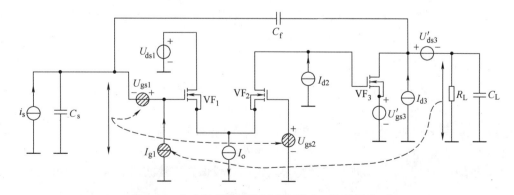

图 8.35 完成转移和简化后跨阻放大器的偏置电路

步骤四：电压偏置环与电流偏置环的实现。

图 8.35 中共有两个偏置环：一个是受信号源电压控制的差分输入级的电压偏置环；另一个是受负载电压控制的差分输入级的电流偏置环。电压偏置环的实现相对较简单。在 8.3.3 节已经提到，在放大器输入端的受控电压源可以用耦合电容来实现，因此图 8.35 中 U_{gs1} 可用一个耦合电容 C_1 来代替。但由于图 8.35 中 U_{gs2} 未直接与信号相连，因此不能用耦合电容来实现。那么，如何实现对 U_{gs2} 的控制呢？一种简单的方法就是将 U_{gs2} 中的受控电压与未受控电压分离，然后对受控部分（也就是电压偏移量）进行转移。该电压偏移量转移至 VF_3 的栅极支路后，由于其值较小可被忽略。而另一支路通过 VF_2 和 VF_1 的源极被转移至信号源与反馈电容 C_f 两条支路中去。对于前者，如果信号源本身可承受一定量的直流电压，则该偏移量可直接叠加到信号源上，而与 C_f 串联的电压偏移量可被忽略。经过上述处理后，U_{gs1} 被消化，U_{gs2} 则用一个固定电压源代替。图 8.35 中位于负载支路中的电压源 U'_{ds3} 可转移到两个支路中去。其中，一个与负载串联，这可以用耦合电容 C_2 实现；另一个与电流偏置环串联，可在电流偏置环的实现中被消化。实现电压偏置环与电流偏置环后的电路如图 8.36 所示。

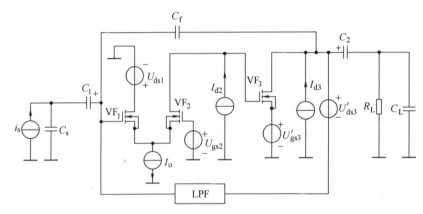

图 8.36   电压偏置环的实现

步骤五：偏置环的实现。

电流偏置环的实现可采用图 8.23b 所示电路。前面已提到偏置环的作用之一是要将信息信号与偏置信号分开，这可以用一个低通滤波器（LPF）完成。那么双 T 形网络中各器件的值如何确定呢？观察图 8.35，可知电流偏置环输入端的电压由 U'_{ds3} 确定，为 2.2V，而其输出端（也即放大器输入端）的电压由 U_{gs1} 确定，为 1V。由于 VF_1 的栅极电流为零，因此 T 形网络中的电阻可选取相对较大的值。U_{gs1} 可由 R_{T2} 和 R_T 对 U'_{ds3} 分压而得（注意此时 R_{T1} 上没有电流）。对小信号来讲，R_{T2} 与放大器输出阻抗并联，因此要求其不能影响小信号特性，即

$$R_{T2} \geqslant 10R_L$$

此处选择 $R_{T2} = 1.2M\Omega$，$R_T = 1M\Omega$。同理，考虑到 R_{T1} 对放大器输入阻抗的影响，通常选取

$$R_{T1} = R_{T2}$$

C_T 的值则要由偏置环滤波器的带宽来确定。假设偏置环滤波器的带宽为 10Hz，则有

$$\frac{1}{2\pi R_{T1}C_T} \leqslant 10 \ Hz$$

以及

$$\frac{1}{2\pi R_{\mathrm{T2}} C_{\mathrm{T}}} \leqslant 10 \ \mathrm{Hz}$$

可得

$$C_{\mathrm{T}} \geqslant \frac{1}{2\pi R_{\mathrm{T2}} \times 10} = 13 \ \mathrm{nF}$$

这里选取 $C_{\mathrm{T}} = 22 \mathrm{nF}$。

顺便指出，耦合电容 C_1 和 C_2 的值可由信息信号的下限截止频率确定。假设该频率也为 10Hz，则有

$$C_1 \geqslant \frac{1}{2\pi R_{\mathrm{T1}} \times 10} = 13 \ \mathrm{nF}$$

以及

$$C_2 \geqslant \frac{1}{2\pi R_{\mathrm{L}} \times 10} = 1.6 \ \mathrm{\mu F}$$

可以分别选取 $C_1 = 22 \mathrm{nF}$ 以及 $C_2 = 2.2 \mathrm{\mu F}$。

完成电流偏置环设计的电路，如图 8.37 所示。

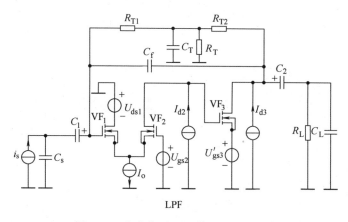

图 8.37　电流偏置环用双 T 形网络实现

步骤六：偏置源的实现。

首先需要确定供电电源电压值。若输出信号的最大摆幅 U_{sw} 为 1V，则最小的供电电源的电压为

$$U_{\mathrm{DD}} = U'_{\mathrm{gs3}} + U'_{\mathrm{ds3}} + U_{\mathrm{sw}} + U_x$$

其中 U_x 为镜像电流源所消耗的电压。若选 $U_x = 1.6 \mathrm{V}$，则 $U_{\mathrm{DD}} = 5 \mathrm{V}$。此例中采用双电源供电，即 $U_{\mathrm{SS}} = -5 \mathrm{V}$。

从图 8.37 中可看出，电路中共有 3 个独立电压源 U_{ds1}、U'_{gs3} 和 U_{gs2}，以及 3 个独立电流源 I_{o}、I_{d2} 和 I_{d3}。电压源 U_{ds1} 最低要求为 1V，因此，可以直接连接到电源 U_{DD}。电压源 U_{gs2} 可由电阻分压器 R_1 和 R_2 以及旁路电容 C_3 组成，并且要求其满足以下两条件：

$$U_{gs2} = \frac{U_{DD}R_2}{R_1 + R_2} = 1V$$

$$\frac{1}{2\pi(R_1 // R_2)C_3} \leqslant 10Hz$$

这里选取 $R_1 = 400k\Omega$, $R_2 = 100k\Omega$, $C_3 = 0.47\mu F$。由于已知 VF_3 的漏电流 I_{d3}，所以电压源 U'_{gs3} 可以用一个串联在 VF_3 源极的电阻 R_3 并联一个旁路电容 C_4 实现。这里选取 $R_3 = 68\Omega$，$C_4 = 10\mu F$。

三个电流源都可以用图 8.28 的镜像电流源来实现。其中 I_{d2} 和 I_{d3} 为电流源，I_o 为电流阱。而且 I_{d2} 和 I_o 可以由 NMOS 和 PMOS 组成的组合电流源来设计。已知工作于 0.1mA 的 NMOS 晶体管的尺寸为 W_1/L_1，其对应的栅源电压为 1V。而工作于 0.1mA 的 PMOS 晶体管的尺寸为 W_2/L_2，其对应的栅源电压为 1.1V。则可以确定出实现组合电流源的电阻 R 大小为

$$R = \frac{5V - (-5V) - 1V - 1.1V}{0.1mA} = 79\ k\Omega$$

设计出基准的工作于 0.1mA 的电流源（VF_4）和电流阱（VF_7）后，I_{d2} 可由基准电流源直接镜像（这里用 VF_6 标示，下同），即 VF_6 的尺寸与 VF_4 相同。I_{d3}（VF_5）为基准电流源的 30 倍，即 VF_5 的尺寸为 $30W_2/L_2$。I_o（VF_8）为基准电流阱的两倍，即 VF_8 的尺寸为 $2W_1/L_1$。

完成偏置电压源和偏置电流源的电路如图 8.38 所示。应当指出，由于容值太大，偏置电路中的所有耦合电容（C_1 和 C_2）和旁路电容（C_3、C_4 和 C_T）均无法在片内集成，只能片外实现。

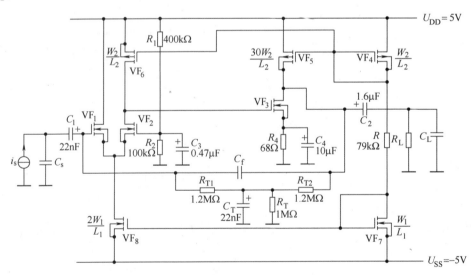

图 8.38　跨阻放大器的完整偏置电路

第 9 章 性 能 折 中

"这个放大器的带宽远远超出了规格要求，为什么不用多余的带宽去换点别的什么呢？"
看着测试结果，有着多年电路设计经验的设计师都会提出这样的问题。诚然，满足规格要求
并不是电路设计的终极目标，细想一下，用多余的带宽的确可以改善电路中其他参数的性能，
比如增益和功耗等，何乐而不为呢？电路设计中把这种在各种参数之间性能的相互换取称为
"性能折中"，即 Trade-off。在模拟结构集成电路设计中，性能折中的概念可推广到以下 4 层
含义：

1）基于给定的规格要求，选择合适的工艺，即在各种工艺间进行折中；

2）基于给定的规格要求和工艺，选择合适的电路拓扑结构，即在各种电路拓扑结构间
进行折中；

3）基于给定的规格要求、工艺和电路拓扑结构，合理综合 Nullor，即对噪声、增益、线
性度和带宽等性能进行折中；

4）设计完成后，对电路的综合性能进行折中，即对个别重要参数的性能进行微调。

可以看出，模拟结构集成电路设计中的性能折中实际上贯穿了电路设计的整个过程。本
章 9.1 节和 9.2 节分别讨论工艺选择的折中和器件参数的折中。当然，电路的综合性能折中
应与具体的电路相结合。9.3 节给出了基于 CMOS 工艺的通信系统的前端模块如 LNA、
Mixer、本地振荡器（Local Oscillator，LO），以及功率放大器（Power Amplifier，PA）等一
些具体电路设计中的性能折中。

9.1 工艺选择的折中

目前，模拟结构集成电路设计中常用的有源器件主要有 BJT 和 FET 两种。其中，常用的
BJT 的工艺有 Si BJT 和 SiGe/GaAs HBT（Hetero-junction Bipolar Transistor）等。FET 中最常
用的工艺有：MOSFET，如 CMOS（Complementary-MOS）；JFET（Junction-FET），如 GaAs
MESFET（Metal- semiconductor-FET）等；以及 HEMT（High Electron Mobility Transistor），
如 GaAs、InP 以及 GaN 等。还有 BJT 和 MOSFET 的混合工艺 BiFET，如 SiGe BiCMOS 等[26]。

BJT 在低电压时 f_T 较高，而 MOSFET 在低电流时 f_T 较高[27,28]。由于 Ge 的带隙（～0.66 eV）
比 Si 的带隙（～1.12 eV）小，因而其开启电压也较低。SiGe HBT 的电流密度较高，因而其
电流增益也较大，这缘于其带隙从发射极到集电极的梯度减小。另外，SiGe HBT 的欧拉电
压（Early Voltage）也比 Si BJT 的高，这有利于提高管子的线性。目前 SiGe HBT 的 f_T 已经
超过 200GHz[29]。这是因为 SiGe HBT 的基极载流子的渡越时间比 Si BJT 的小，其发射—基
极间的充电时间也相对较小。总之，高增益和极高的截止频率使得 SiGe HBT 器件在低噪声、
高增益及超宽带领域得到广泛应用[30]。

MOSFET 的最优噪声源阻抗（Associated Optimum Source Resistance）远离 50Ω，这使得

噪声和阻抗的同时匹配难以实现。另外，FET 的三阶交调点（IP_3）比 BJT 高，这是因为 FET 在饱和区的电流—电压之间是二次方律的关系。MESFET 沟道中载流子迁移率比 MOSFET 的高，因而其电流密度、跨导以及截止频率都比 MOSFET 的高[31]。HEMT 的载流子迁移率甚至比 MESFET 还高（GaAs 的电子迁移率约是 Si 的 5 倍）。这会降低器件的寄生电容以及栅、源、漏极的体电阻。所以 HEMT 的 f_T 和 f_{max} 都比较高。此外，GaAs 的衬底电阻率可达 $10^7 \Omega \cdot cm$，这可以显著地减小衬底对信号的损耗。GaAs 在低电流时带隙及跨导都较高，这可以提高增益以及降低噪声，同时器件的尺寸也较小[32]。所以当前 GaAs HEMT 较为流行。InP HEMT 是常用的功率器件，它的开启电压较低（约为 0.45V），其带隙比 GaAs（约为 1.42 eV）低但比 Si 高。在同样的电流密度下，InP 的 f_T 比 SiGe 高。这些优点使得 InP 成为低噪声、低功耗应用的最佳候选器件[33]。最近几年出现了另外一种 HEMT：ALGaN/GaN。在具有相同的栅长时，GaN 的 f_T 与 GaAs 相当，但功率密度比 GaAs 高一个数量级。GaN 的各电极寄生电阻的热噪声与器件的本征噪声相当，因而噪声性能较好。GaN 的带隙较高，因而其击穿电压，电子的饱和速率及电流密度都较高。长远来讲，GaN 的总体性能甚至超过了当前流行的 GaAs 及 InP HEMT 器件[34]。

图 9.1 绘出了几种基于不同工艺的半导体器件的截止频率 f_T 与其偏置电流 I_{bias} 之间的关系曲线。可以看出，在相同的偏置电流下，HBT 能获得远高于 Si NMOS 的截止频率。例如，0.13 μm 栅长的 Si NMOS，其 f_T 的峰值约为 70GHz，而同一光刻级上 0.12 μm SiGe HBT 的 f_T 的峰值则高达 200GHz。因而可以预期 HBT 的高频性能优于 Si NMOS。随着 SiGe HBT 特征尺寸的缩小，其 f_T 的峰值在增加，而达到峰值所需要的偏置电流在减小。例如 0.18 μm SiGe HBT f_T 的

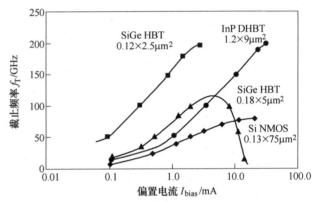

图 9.1　几种基于不同工艺的半导体器件的 f_T 与 I_{bias} 的关系曲线（摘自参考文献[14]）

峰值（120GHz@5mA）比 0.12 μm 的小（200GHz@2mA）。此外，SiGe HBT 达到 f_T 的峰值的偏置电流也比 InP 和 Si NMOS 小，后者需要近乎 10 倍于前者的偏置电流。

表 9.1 列出了当前最为流行的 CMOS 工艺中 MOSFET（主要是 NMOS）的核电压（U_{DD}）、饱和电流（I_{sat}）、阈值电压（U_{TH}）、截止频率（f_T）以及本书写作时的参考价格。可以看出，随着特征尺寸的减小，U_{DD} 从 0.5 μm 的 3.3V 下降至 45nm 的 0.9V。而 f_T 则从 0.25 μm 的 32GHz 上升至 90 nm 的 130GHz 左右。其流片价格则从 0.5 μm 的 430 欧元/mm^2 上升至 0.13 μm 的 4 800 欧元/mm^2。虽然，CMOS 截止频率的上升使得其在射频以及微波应用中得以施展，但凸显出性能与价格之间的折中。

总体上，CMOS 显示出低成本的优势，SiGe HBT 则具有低功耗和适用于高频电路的特点，而 GaAs 和 InP（HBT 或 HEMT）以高成本和高功耗为代价换取较高的电路性能。

表 9.1　当前流行的 CMOS 工艺的相关参数（数据摘自参考文献[35～37]）

参数 工艺	U_{DD}/V	I_{sat} / (μA/μm)	U_{TH}/V	f_T/GHz	参考价格/欧元
45nm	0.9				
65nm	1.0				
90nm	1.0		0.33	130	49 100/Block
0.13μm	1.2	535	0.48	110	31 700/Block 4 800/mm²
0.18μm	1.8	600	0.42	49	1 200/mm²
0.25μm	2.5	700	0.53	32	11 100/Block 2 700/mm²
0.35μm	3.3	530			720/mm²
0.5μm	3.3	510			430/mm²

9.2　器件参数的折中

电路中最关心的晶体管参数有跨导（g_m）、截止频率（f_T）、开启电压或阈值电压（U_{TH}）以及击穿电压等。

晶体管的跨导表征了该器件在工作时的放大能力。可以对 BJT 和 MOSFET 的放大能力作一简单比较，假设 $I_C = I_D = 1\,\text{mA}$，$\mu_n C_{ox}\left(\dfrac{W}{L}\right) = 0.4\,\text{mA}/\text{V}^2$，则

$$g_m\big|_{BJT} = \frac{I_C}{U_T} \approx 38 \text{ mS} \tag{9.1}$$

$$g_m\big|_{MOSFET} = \sqrt{2I_D \mu_n C_{ox}\left(\frac{W}{L}\right)} \approx 0.9 \text{ mS} \tag{9.2}$$

可见，在相同工作条件下，BJT 的放大能力远比 MOSFET 强。为进一步比较两种器件在给定偏置电流下所能达到的增益，常用偏置电流 I_{bias} 与 g_m 的比值来预估或衡量之，即

$$\frac{I_{bias}}{g_m}\Big|_{BJT} = U_T \tag{9.3}$$

$$\frac{I_{bias}}{g_m}\Big|_{MOSFET} = \frac{U_{GS} - U_{TH}}{2} \tag{9.4}$$

对于 BJT，该比值恒定为热电压 U_T（约 26mV@300K）。而对于 FET，该比值取决于过驱动电压，这一数值约在 300mV 左右。这进一步体现了两种器件在获得同样的增益时所消耗的电压不同，BJT 要比 FET 低一个数量级。

常用 $g_m r_o$（r_o 为器件的输出阻抗）来表征该器件在低频时所能达到的最大电压增益（也称为本征增益）。同样，假设在相同的偏置电流 1mA 时，有 $r_o = r_{ce} \approx 40 \text{ k}\Omega$，以及 $r_o = r_{ds} \approx 10 \text{ k}\Omega$，则 $g_m r_o\big|_{BJT} \approx 1520$，$g_m r_o\big|_{FET} \approx 9$。由于 BJT 的 g_m 和 r_o 都比 FET 的大，所以在低频时 BJT 的

增益远比 FET 高。

单个 BJT 或 FET，其增益与带宽的乘积为一常数，对应于该器件的截止频率 f_T（f_T 是指该器件的电流增益下降为 1 时所对应的频率），分别有

$$f_T\big|_{BJT} = \frac{g_m}{2\pi(C_\pi + C_\mu)} \tag{9.5}$$

$$f_T\big|_{FET} = \frac{g_m}{2\pi(C_{gs} + C_{gd})} \tag{9.6}$$

f_T 确定了该器件适用的工作频率，中频约为 f_T/β，而射频则约为 $f_T/10$。f_T 也体现了单个器件的增益与其所能达到的上限频率之间的折中。在射频或微波中关心的另一个参数是 f_{max}，其定义为功率增益下降为 1 时所对应的频率。对两种器件，有

$$f_{max}\big|_{BJT} = \sqrt{\frac{f_T}{8\pi r_{bb'}C_\mu}} \tag{9.7}$$

$$f_{max}\big|_{FET} = \frac{f_T}{2}\sqrt{\frac{r_{ds}}{r_i}} \tag{9.8}$$

式中，r_i 为高频时 CS 或 CD 级栅—源极间的等效电阻。

可见，器件的功率增益在高频时受限于其寄生参数。

通常用器件的输入端到地的等效电容与其密勒电容的比值来表征器件中寄生参数对带宽的限制。在 BJT 中这一比值（C_{in}/C_μ）约为 10，而在 FET 中（C_{in}/C_{gd}）约为 3。

根据 Johnson 法则，BJT 的 f_T 与其击穿电压 BV_{CEO} 的乘积为一常数，对于 SiGe HBT，其值约在 $300\text{GHz}\cdot\text{V}$ 左右，则可见 BJT 的击穿电压越小，其对应的 f_T 也就越大。

9.3 电路性能的折中

电路中一些重要参数的优异性能往往是以牺牲其他参数的性能为代价换取的，而且通常讨论电路性能的折中都是以某一个具体电路为出发点的，下面以收发器前端的电路设计为例来说明。典型的收发器前端电路包括低噪声放大器（LNA）、混频器（Mixer）、本地振荡器（LO）、功率放大器（PA）以及其他模块，如图 9.2 所示。许多文献讨论的重点都是放在具体模块中如何获得某个关键参数的良好性能上。例如，在 LNA 中最关键的参数是噪声系数[9]，在 Mixer 中最关键的参数是线性度[38]，在 LO 中是相位噪声[39]，而在 PA 中是效率[40]。然而，正如读者所熟知的，每个模块的诸多关键参数之间其实是相互关联和折中的。换言之，不可能设计出一个所有参数都是最优化的模块，而只能是对单个模块的某几个参数进行优化，总体上使得电路中的主要参数的性能都不"差"。下面逐一讨论基于 CMOS 工艺的 LNA、Mixer、LO 以及 PA 等具体电路设计中的折中。

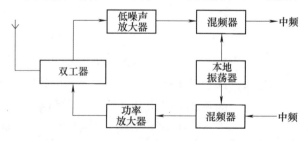

图 9.2 典型收发器的前端电路

9.3.1 LNA 设计中的折中

目前窄带 LNA 的拓扑结构中使用最广泛的就是所谓的源极退化结构（Source-degeneration）[17]，即采用一个电感和 FET 的源极串联，而另一个电感与 FET 的栅极串联。这种电路结构为放大器的输入端提供了非常良好的功率匹配。然而，FET 作为低噪声放大器件时很难实现噪声与功率的同时匹配，这是因为其最佳噪声电阻（或噪声反射系数）远离 50Ω。为了获得高增益并且节省功耗，源极退化结构的有源放大部分常采用 Cascode 结构，其优点是电流是复用的，输出阻抗大，并且能够抑制 Miller 效应从而提高隔离度。另外，与源极串联的电感组成了串联负反馈，因此，放大器的线性度也有所改善。这个电路中的噪声主要是沟道热噪声，所以可以选择一个比较大的漏极电流减小之。在宽带低噪声放大器应用中，特别是在超宽带（UWB）放大器中，双闭环反馈的 LNA 拓扑结构（Dual-loop Feedback LNA）是一个很好的解决方案[41][42]。这是一种典型的正交设计方法，设计中可以将功率匹配、噪声和带宽分离开来单独进行设计。例如，在功率—电流（Power-to-Current）或功率—电压（Power-to-Voltage）低噪声放大器中，输入阻抗只取决于两个反馈回路中的器件。因此，通过适当地选择反馈器件值（如电阻）就能得到良好的功率匹配。反馈回路的另一个优点是它们产生的噪声很小，因此只要采用大的漏极电流就能使噪声得到优化。该放大器的有源部分常采用两级放大来实现足够的增益，其输入级也是 Cascode，而输出级则是一个长尾电路。其中，后者主要是为了实现负的环路增益。这个电路中的带宽通常是由放大器件的截止频率决定的，截止频率越大，带宽越宽；而其线性度主要取决于环路增益的大小，环路增益越高，线性度越好，当然功率消耗也就越大。

LNA 中的关键参数有噪声系数 NF、功率增益 G、功率匹配、工作频率 f_0、输入三阶交调点 IIP_3、带宽 B、功耗 P_{DC} 等。为了整体地评价一个 LNA 的性能，常用"优值"（FOM）来衡量之。LNA 中的 FOM（dB）可以表示为

$$FOM\big|_{LNA} = G - NF + IIP_3 - 10\lg\frac{P_{DC}}{1mW} \tag{9.9}$$

表 9.2 中列出了参考文献[43～45]中的 LNA，可以看出，它们在噪声、功率增益、线性度和功耗中存在性能折中，低噪声系数、高增益、高线性度等都能够通过高功耗来换取。其中，尽管参考文献[45]的噪声系数高达 4.35dB，但在 1～7GHz 的带宽内，其 FOM 值最大，因而综合性能最好，这源于其较高的功率增益和线性度。

表 9.2　几个 LAN 的比较

LNA	f_0/GHz	NF/dB	G/dB	IIP_3/dBm	P_{DC}/mW	工艺（CMOS）/μm	FOM/dB
参考文献[43]	2.3～9.2	4	9.3	−6.7	9	0.18	−11
参考文献[44]	2.4	1.7	11	−4	16.5	0.35	−7
参考文献[45]	1～7	4.35	14	−3	15.6	0.18	−5

9.3.2 Mixer 设计中的折中

在 Mixer 设计中，主要有两种基本的 Mixer 拓扑结构可以选择：一种是单平衡 Mixer（Single-balanced Mixer）；另一种是双平衡 Mixer（Double-balanced Mixer）。在单平衡 Mixer

中，LO 输入的是差分信号，而射频输入的是单端信号，因此，它是一个二象限的 Mixer。单平衡 Mixer 比较容易实现，其噪声系数和功耗都较低，但是，在单平衡 Mixer 中 LO 和 RF 信号都容易直接馈通，此外，它不能抑制共模信号，因此，单平衡 Mixer 在实际电路设计中很少采用。与此相反，作为一个四象限 Mixer，双平衡 Mixer 的输入和输出都是差分信号，因此，对称的双平衡 Mixer 结构改善了 LO 和 RF 信号的馈通。双平衡 Mixer 的线性受制于输入级的跨导，这可以通过源极的阻性或感性反馈加以改善。转换增益则既可由大的漏极偏置电流来实现，也可用大尺寸的 FET 来实现。当然这反过来又增加了线性、功耗和芯片面积。Mixer 中的噪声不仅来自跨导输入级，也来自开关级，所以 Mixer 的噪声系数一般比 LNA 的高。在相同功耗下，双平衡 Mixer 的噪声系数至少比单平衡 Mixer 的噪声系数高 3dB[46]，这是因为有更多的 FET 出现在交叉耦合的差分对中。

Mixer 中的关键参数有转换增益 G，线性度（用 IIP_3 或 1dB 压缩点来衡量），噪声系数 NF，功耗 P_{DC}，端到端的隔离度等。相似地，它的"优值" FOM（dB）如下：

$$FOM \mid_{\text{Mixer}} = G - NF + IIP_3 - 10\lg\frac{P_{DC}}{1\text{mW}} \tag{9.10}$$

表 9.3 列出了参考文献[5,47,48]中的 Mixer。显然，参考文献[48]是其中最好的 Mixer，因为其噪声系数低，而增益和线性度都较高。

表 9.3　几个 Mixer 的比较

Mixer	f_0/GHz	NF/dB	G/dB	IIP_3/dBm	P_{DC}/mW	工艺（CMOS）/μm	FOM/dB
参考文献[47]	0.9	20	7	10	4.5	0.25	−10
参考文献[5]	2.4	10.3	10	−9.9	10	0.18	−20
参考文献[48]	3.1~4.8	8.8	12~13.5	>0	18	0.35	−8

9.3.3　LO 设计中的折中

可供选择的 LO 电路拓扑结构较多，如 Colpitts（包括其改进型 Clapp 和 Seiler 等）、Hartley、Pierce、Miller 和张弛振荡器（Ring Oscillator）等。著名的 Colpitts 振荡器由于其良好的波形，高振荡频率和易集成性而优于 Hartley 振荡器。差分的 Colpitts 电路包括一个交叉耦合的差分放大器（即所谓的负电阻−R 单元电路）和调谐负载，在当前的 LO 设计中占主导地位。它的优点是能抑制共模噪声，可获得较大的调谐范围和较低的相位噪声等，当然是以大的偏置电流或功耗为代价[49]。CMOS Colpitts 振荡器的缺点是：首先，FET 比 BJT 的闪烁噪声大；其次，由于 FET 的跨导比 BJT 的小（在相同条件下），因而增益较低；最后，CMOS Colpitts 振荡器对负载很敏感，这就需要有一个缓冲器来减小负载效应（如 Mixer）。Pierce 振荡器（实际是 Colpitts 结构）和 Miller 振荡器（实际是 Hartley 结构）是晶体振荡器，它们的振荡频率有最高的频率稳定性。张弛振荡器具有较大的调谐范围和易集成性，常用于产生片上时钟，然而，张弛振荡器的噪声大且稳定度低。晶体振荡器和张弛振荡器常用于低振荡频率的场合。

LO 的关键参数是相位噪声 $L(\Delta f)$、调整范围 TR(%)、振荡频率 f_0、输出信号功率 P_0、功耗 P_{DC}、频偏 Δf 等。其 FOM(dB)可表示为

$$FOM\big|_{LO} = 20\lg\frac{f_o}{\Delta f} - 10\lg L(\Delta f) + 20\lg\frac{TR\,f_o}{1\text{GHz}} - 10\lg\frac{P_{DC}}{1\text{mW}} \tag{9.11}$$

其中，相位噪声可用下式估计：

$$L(\Delta f) = \frac{P_o(f_o + \Delta f, 1\text{Hz})}{P_o(f_o)} = \frac{1}{2}\left[1 + \left(\frac{f_o}{2\Delta f}\right)^2\frac{1}{Q^2}\right]\left(1 + \left(\frac{f_C}{\Delta f}\right)\right)\frac{kTB_W F}{P_o(f_o)} \tag{9.12}$$

式中，Q 为电感的品质因数；f_C 为 FET 的噪声转折频率；F 为增益模块的噪声因子；B_W 为噪声带宽；k 为玻尔兹曼常数；T 为热力学温度。

式（9.12）中的相位噪声是通过 Lesson 模型得到的[50]。式（9.12）表明，相位噪声可以通过大品质因数、低闪烁噪声或低噪声带宽来优化。在一个 CMOS 差分 Colpitts 振荡器中，热噪声不仅来自沟道，而且还来自谐振腔中的串联电阻。在给定功耗下，该噪声可以通过较大的尾电流、较高的电源电压（以高功耗为代价）或具有较大振幅的谐振电压来压缩。

工作于不同的频率、消耗不同的功耗时，表 9.4 中的参考文献[51~53]中的 LO 显示了几乎相同的性能。其中，由于低相位噪声和高调谐范围，比较而言，参考文献[51]中是最好的振荡器。基于同样的 CMOS 工艺，参考文献[52]中的相位噪声和功耗比参考文献[53]的低，因而"优值"FOM 更高。

表 9.4　几个 LO 的比较

LO	f_o/GHz	$L(\Delta f)$/dBc	TR(%)	P_{DC}/mW	工艺（CMOS）/μm	FOM/dB
参考文献[51]	1.8	−142@3MHz	27.5	32.4	0.2	177
参考文献[52]	5.8	−117@1MHz	15	7.23	0.18	174
参考文献[53]	10.27	−115.2@1MHz	3.4	8	0.18	166

9.3.4　PA 设计中的折中

PA 的整体性能是在信号功率、效率和线性之间的折中。如今，许多基于 CMOS 工艺的 PA 拓扑结构，如 Class A、Class B、Class C、Class D、Class E 和 Class F 等都出现在集成通信电路中。其中，前两个 PA 是线性的，其他的都是非线性 PA。前三个 PA 即 Class A、Class B 和 Class C，可以归类为电流源放大器，其中的 BJT 或 FET 可以看做电流源。电流源类型的 PA 的效率能够通过降低静态工作点来提高，这反过来会严重影响其线性。作为弥补，在 Class B（AB）中引入了推挽技术，而在 Class C 中引入了调谐负载。因为信号在 Class A 中是完全导通的，它的高线性度是以不到 50%的效率为代价获得的。Class B（或 AB）比 Class A 具有更高的效率，但不超过 78.5%，其每个 BJT 或 FET 的导通角是 180°。Class C 的导通角小于 180°，它的效率比 Class B 和 Class A 都要高。Class C 的缺陷是它只能使信号峰值功率的一小部分加到负载上。后三个 PA，即 Class D、Class E 和 Class F，可归类为开关式 PA，其中的 BJT 或 FET 工作于开关状态。这三个 PA 的理想效率是 100%。当运行在开关模式时，Class D 有较大的能量损耗。Class D 的另一个缺点是它需要一个高品质因数的变压器，以便在高频率下运行时减少寄生电阻带来的损耗及其他非理想效应。与 Class C 不同，Class E 中全部信号流过负载。此外，Class E 能够在开关模式下减小功率损耗。然而，Class E 的线性受制于输出匹配网络的低品质因数，并且 Class E 的 BJT 或 FET 要遭受比其他功率放大器更高的峰值电压（约 3.56 倍以上的供电电压）[54]。在 Class F 中，至少需要两节 LC 匹配网络才能为偶次谐波提供高阻抗，以便通过开关管获得方波电压，因此它的效率高，但线性差。而且，Class F 的低品质因数的谐振腔会消耗更多的功率。还有，Class F 会比 Class E 消耗更多的芯片面积。

PA 的关键参数有输出功率 P_o，效率 η 或附加功率的效率 PAE 和线性度（由三阶交调点 IIP_3 或 1dB 压缩点表征）等。其 FOM（dB）可简单地表示为

$$FOM\,|_{PA} = P_o + 10\lg[(PAE \text{ 或 } \eta) \times 100] \tag{9.13}$$

表 9.5 列出了参考文献[55～57]中的 PA，通过对比参考文献[55]和参考文献[56]，可以发现，当开关管运行在基于 CMOS 工艺的开关模式时，高输出功率（超过 20dBm）和高效率（40%以上）都能实现。此外，基于 CMOS 的 PA 显示了接近 BJT 的 PA 的总体性能。

表 9.5　几个 PA 的比较

PA	f_o/GHz	P_o/dBm	PAE 或 η（%）	级	工艺（CMOS）/μm	FOM/dB
参考文献[55]	0.181	23	40.1	D	0.5	39
参考文献[56]	2.4	24.1	50.6(PAE)	E	0.25	41
参考文献[57]	2.4	30	75(PAE_{max})	AB	0.6 SiGe HBT	49

参 考 文 献

［1］ Blakesley T H. A new Electrical Theorem [J]. Phil. Mag., 1894, 37: 448-450.

［2］ Carlin, H J. Singular network elements [J]. IEEE Trans. Circuit Theory, 1964, 11: 67-72.

［3］ Tellegen, B D H. On nullators and norators [J]. IEEE Trans. Circuit Theory, 1966, 13: 466-469.

［4］ Yuan-Kai Chu, Huey-Ru Chuang. A 5GHz 0.18um CMOS Mixer for 802.11a WLAN Receiver Applications [J]. Microwave J, 2004, 47 (2):106-118.

［5］ N J Oh. A Low-Noise Mixer with an Image-Reject Notch Filter for 2.4GHz Applications [J]. Microelectron. J, 2008, doi:10.1016/j.mejo.2008.04007.

［6］ Skandar Douss, Farid Touati, Mourad Loulou. An RF-LO Current-Bleeding Doubly Balanced Mixer for IEEE 802.15.3a UWB MB-OFDM Standard Receivers [J]. AEU - International Journal of Electronics and Communications, 2008, 62 (7): 490-495.

［7］ Ernst H Nordholt. Classes and Properties of Multiloop Negative-Feedback Amplifiers [J]. IEEE Transactions on Circuits and systems, 1981, 28(3): 203-211.

［8］ van Hartingsveldt, K, Kouwenhoven M H L, Verhoeven, C J M. HF low noise amplifiers with integrated transformer feedback [C]. proc. IEEE International Symposium on Circuits and Systems, 2002 :815-818.

［9］ Mark P van der Heijden, Leo C N de Vreede, Joachim N Burghartz. On the Design of Unilateral Dual-Loop Feedback Low-Noise Amplifiers with Simultaneous Noise, Impedance, and IIP3 Match [J]. IEEE Journal of Solid-State Circuits, 2004, 39(10): 1727-1736.

［10］ Thomas J Aprille. Wide-Band Matched Amplifier Design Using Dual Loop Feedback and Two Common Emitter Transistor Stages [J]. IEEE Transactions on Circuits and Systems, 1976, 23(7):434-442.

［11］Thomas H Lee. The Design of CMOS Radio-Frequency Integrated Circuits [M]. Cambridge University Process, 1998.

［12］ Gray P R, Hurst P J, Lewis S H, Meyer R G. Analysis and design analog integrated circuits [M]. John Wiley&sons, 2001.

［13］ Razavi B. RF Microlectronics [M]. Prentice Hill, 1998.

［14］ John R Long. Radio-Frequency Circuit Design [R]. Lecture notes, Delft University of Technology, the Netherlands.

［15］ Pozar David, M. Microwave engineering [M]. 1998.

［16］ Leo C N de Vreede. Microwave circuit design [R]. Lecture notes, Delft University of Technology, the Netherlands.

［17］ Shueffer D K, Lee T H. A 1.5V, 1.5GHz CMOS Low Noise Amplifier [J]. IEEE Journal of Solid-State Circuits, 1997, 32(5):745-759.

［18］ Bruccoleri F, Klumperink E A M, Nauta B. Wide-band CMOS low-noise amplifier exploiting thermal noise canceling [J]. IEEE Journal of Solid-State Circuits, 2004, 39: 275-282.

［19］ Youchun Liao, Zhangwen Tang, Hao Min. A Wide-band CMOS Low-Noise Amplifier for TV Tuner Applications [C]. IEEE Asian Solid-State Circuits Conference, 2006.

［20］Blaakmeer S C, Klumperink E A M, Leenaerts D M W, Nauta B. A wideband noise-canceling CMOS LNA exploiting a transformer [C]. IEEE Radio Frequency Integrated Circuits Symp. Dig., 2006 :11-13.

［21］Verhoeven C J M, Staveren A van, Monna G L E, Kouwenhoven M H L, Yildiz E. Structured Electronic Design- Negative Feedback Amplifiers [M]. Boston, Kluwer Academic Publishers, 2001.

［22］Krummencher F, Joehl N. A 4-MHz CMOS Continuous-Time Filter with On-Chip Automatic Tuning [J]. IEEE Journal of Solid-State Circuits, 1988, 23: 750-758.

［23］Barrie Gilbert. Analog DevciesWorking with BJTs [J]. IEEE Journal of Solid-State Circuits, 1968, 3(4): 353-373.

［24］Sedra A S, Smith K C. Microelectronic Circuit [M]. New York, Oxford University,1998.

［25］Verhoeven C J M, van Staveren A. Systematic Biasing of Negative Feedback Amplifiers [C]. Proceedings of the conference on Design, automation and test in Europe, 1999: 68.

［26］Lawrence E Larson. Integrated Circuit Technology Options for RFIC's – Present Status and Future Directions [J]. IEEE Journal of Solid-State Circuits, 1998, 33(3): 387-398.

［27］Dunn J S, Ahlgren D C, Coolbaugh D D. Foundation of RF CMOS and SiGe BiCMOS technologies [J]. IBM J. RES & DEV, 2003, 47(2/3).

［28］Lawrence E Larson. Advances in Silicon Semiconductor Device Technology for Radio and Wireless applications [C]. IEEE Proceedings of Radio and Wireless Conference, 2003.

［29］Amitava Das, Margaret Huang, Jyoti Mondal. Review of SiGe Process of Technology and its Impact on RFIC DeSign [C]. IEEE Radio Frequency Integrated Circuits SympoSium, 2002.

［30］Guofu Niu, Shiming Zhang, John D Cressler. Noise Parameter Modeling and SiGe Profile Design Tradeoffs for RF Applications [C]. IEEE Topical Meeting on Silicon Monolithic Integrated Circuits in RF Systems, 2000: 9-14.

［31］Masashi,et al. An L-Band Ultra-Low-Power-Consumption Monolithic Low-Noise Amplifier [J]. IEEE Transactions on Microwave Theory and Techniques, 1995, 43(7): 1745 - 1750.

［32］Philips OMMIC Library ED02AH, 2004.

［33］John W Archer, Richard E Lai, Russell Gough. Ultra-Low-Noise Indium–Phosphide MMIC Amplifiers for 85-115 GHz [J]. IEEE Transactions on Microwave Theory and Techniques, 2001, 49(11): 2080-2085.

［34］Cha S, et al. Wideband AlGaN/GaN HEMT Low Noise Amplifier for Highly Survivable Receivers Electronics [J]. IEEE WE5C-6, 2004.

［35］http://www.europractice-ic.com.

［36］http://www.mosis.com.

［37］http://www.tsmc.com.

［38］Meyer R G. Intermodulation in High-requency Bipolar Transistor Integrated-Circuit Mixers [J]. IEEE Journal of Solid-State Circuits, 1986, 21: 534-537.

［39］Razavi B. A Study of Phase Noise in CMOS Oscillators [J]. IEEE Journal of Solid-State Circuits, 1996, 31: 331-343.

［40］Sowlati T, et al. Low Voltage High Efficiency Class E GaAs Power Amplifiers for Wireless Communications [J]. IEEE Journal of Solid-State Circuits, 1995, 30: 1074-1080.

[41] Xiaolong Li, Wouter A Serdijn, Bert E M Woestenburg, Jan Geralt bij de Vaate. A Broadband Indirect-Feedback Power-to-current LNA [C]. proc. IEEE International Symposium on Circuits and Systems, 2006: 89-92.

[42] Xiaolong Li, Wouter A Serdijn, Bert E M Woestenburg, Jan Geralt Bij de Vaate. A 1–2 GHz high linearity transformer-feedback power-to-current LNA [J]. Analog Integrated Circuits and Signal Processing, 2010, 63(1):113-119.

[43] Bevilacqua, Niknejad A. An Ultra-Wideband CMOS LNA for 3.1 to 10.6 GHz Wireless Receivers [J]. Int. Solid-State Circuits Conf. Tech. Dig., 2004, 1: 382 - 533.

[44] Mitrea O, Glesner M. A power-constrained design strategy for CMOS tuned low noise amplifiers [J].Microelectronics Reliability, 2004, 44(5):877-883.

[45] Yen S, Chen C, Lin Y, Chen C. A High-Performance 1-7 GHz UWB LNA Using Standard 0.18 μm CMOS Technology [J]. Microwave and Optical Technology Letters, 2007, 49(10): 2458-2462.

[46] Hull C D, Meyer R G. A Sysematic Approach to the Analysis of Noise in Mixers [J]. IEEE Trans. Circuits and Sysms-I, 1993, 40:909-919.

[47] Darabi H, Abidi A A. A 4.5 mW 900MHz CMOS receiver for wireless paging [J]. IEEE Journal of Solid-State Circuits, 2000, 35 (8):1085-1096.

[48] Skandar Douss, Farid Touati, Mourad Loulou. An RF-LO Current-Bleeding Doubly Balanced Mixer for IEEE 802.15.3a UWB MB-OFDM Standard Receivers [J]. AEU - International Journal of Electronics and Communications, 2008, 62(7):490-495.

[49] Razavi B. A 1.8GHz CMOS Voltage-Controlled Oscillator [C]. ISSCC Dig. Tech. Papers, 1997: 388-389.

[50] Leeson D B. A Simple Model of Feedback Oscillator Noise Spectrum [C]. Proc. IEEE, 1966, 54: 329-330.

[51] De Muer B, Itoh N, Borremans M, Steyaert M. A 1.8GHz Highly-Tunable Low-Phase-Noise CMOS VCO [C]. IEEE Custom integrated Circuits Conference, 2000: 585-588.

[52] Sheng-Hsiang Tseng, et al. A 5.8-GHz VCO with CMOS-Gompatible MEMS Inductors [J]. Sensors and Actuators A: Physical, 2007, 139(1-2):187-193.

[53] Hsien-Chin Chiu, et al. A 10 GHz Low Phase-Noise CMOS Voltage-Controlled Oscillator Using Dual-Transformer Technology [J]. Solid-State Electronics, 2008, 52(5): 765-770.

[54] Sokal N O, Sokal A D. Class E - A New Class of High-Efficiency Tune Single-ended Switching Power Amplifiers [J]. IEEE Journal of Solid-State Circuits, 1975, 10:168-176.

[55] Thomas Johnson, Robert Sobot, Shawn Stapleton. CMOS RF Class-D Power Amplifier with Bandpass Sigma–Delta Modulation [J]. Microelectronics Journal, 2007, 38(7): 439-446.

[56] Jhin-Fang Huang, Ron-Yi Liu, Pei-Sen Hong. An ISM Band CMOS Power Amplifier Design for WLAN [J]. AEU - International Journal of Electronics and Communications, 2006, 60(7):533-538.

[57] Ping-Chun Yeh, et al. High Power Density, High Efficiency 1 W SiGe Power HBT for 2.4 GHz Power Amplifier Applications [J]. Solid-State Electronics, 2008, 52(5): 745-748.

[58] Gilbert B. Translinear Circuits: A Proposed Classification [J], Electronics Letters, 1975, 11(1): 14-16.

[59] Seevinck E. Companding Current-mode Integrator: A New Circuit Principle for Continuous-time Monolithic Filters [J], Electronics Letters, 1990, 26(24): 2046-2047.

[60] Razavi B. Design of Analog CMOS Integrated Circuits [M]. New York, McGraw-Hill Companies, 2001.